# 居眠り同心 影御用6

早見 俊

時代小説

二見時代小説文庫

# 同心の妹——居眠り同心 影御用6

目次

# 第一章　楽しみな依頼

## 一

文化八年（一八一一年）の十一月三日。

木枯らしが吹き、江戸の町は冬の装いとなっている。この日、北町奉行所両御組《りょうおんくみ》姓名掛《せいめいがかり》同心蔵間源之助《くらまげんのすけ》は非番である。背は高くはないががっしりした身体、日に焼けた浅黒い顔、男前とは程遠いいかつい面差《おもざ》し、一見して近寄りがたい男だ。

冬晴れの日、一日ぶらぶらしているにはいかにも勿体《もったい》ない。もっとも、出仕していても暇を持て余している。両御組姓名掛とは南北町奉行所の与力、同心とその家族の名簿を作成、管理する部署だ。いわば閑職である。それが証拠に南北町奉行所合わせて源之助ただ一人が担っている。

昨年の春までは筆頭同心として定町廻りや臨時廻り、隠密廻りを指揮していた。それが、思わぬ失態により居眠り番と揶揄《やゆ》される両御組姓名掛に左遷されたのである。

久しぶりに町道場に行って稽古をしようと思い立った。若かりし頃に通っていた神田小柳町にある中西派一刀流宗方彦次郎《むなかたひこじろう》道場である。

源之助は道場に顔を出した。じきに、猛烈な気合いが耳に届く。板敷きを踏みしめる足音、竹刀《しない》を打ち合う音が耳に心地よい。身体中の血が騒いだ。中西派一刀流は防具を身に着け、竹刀による打ち込み稽古を行っている。

このため、型だけを行う他の流派とは異なり、実践的な剣術の稽古を行うことができた。

八丁堀同心として時に凶悪な罪人を相手にしなければならなかった源之助には正《まさ》しくありがたい剣術流派だ。

道場を覗くと見所《けんじょ》で稽古を見ていた道場主宗方彦次郎がわずかに目元を緩めた。しかし、その稽古を見つめる厳しさに変わりはない。源之助は玄関脇にある控えの間に入り、紺の胴着に着替え面、胴、籠手《こて》を身に着け、道場の片隅で素振りを繰り返す。

すると、

「やめい！」

彦次郎の甲走《かんばし》った声が道場を切り裂いた。門弟たちは一斉に竹刀を置き両の壁際に沿って座った。

彦次郎は腰を上げ、

「やるか」

と、声を放った。口に焼けた精悍な顔に真っ白な歯が覗く。

「おう」

源之助も気持ちよく応じた。

彦次郎は素早く防具を身に着ける。二人は道場の真ん中で相対した。門弟たちは固《かた》唾《ず》を呑んで見守っている。

「いざ」

彦次郎から声がかかる。

二人は三間の間合いを取った。彦次郎は八双《はっそう》、源之助は正眼《せいがん》の構えである。

源之助は久しぶりの勝負に弥《いや》が上にも血が騒ぐ。若い頃、共に竹刀を交えた日々が思い出されるが、そんな郷愁に浸っていると勝負に負けるどころか怪我をする。

邪念を振り払い竹刀を構え直す。

「てえい」

まずは彦次郎が仕掛けてきた。彦次郎は八双から斜めに斬り下げる。源之助は胸を仰《の》け反《ぞ》らせる。彦次郎の竹刀の切っ先が胸元をかすめた。

と、すぐに彦次郎の竹刀が返される。それは源之助も予想していたことだ。素早く竹刀で受け止める。

鋭い音が道場内にこだまする。

今度は源之助が反撃に出た。源之助は突きを繰り出す。彦次郎は体《たい》をかわしながらも攻撃に転じた。

二人の竹刀がぶつかり合う。

それから鍔《つば》競《ぜ》り合いとなった。面越しに見える彦次郎の目は厳しいが、源之助との勝負を楽しんでいるようでもある。

二人は道場の中を所狭しと走り回った。門弟たちの熱い視線を感じる。

源之助と彦次郎は真ん中で身体を離すと大きく息を吐いた。

「ここまでと致そう」

彦次郎は竹刀を置く。

「よかろう」

と言った時、腰に痺《しび》れが走った。無理な姿勢を取ったことが原因のようだ。勝負つかずの形ではあるが、彦次郎に余裕があるのに対し源之助は息が上がっていた。彦次郎が自分の顔を立ててくれたのは明らかだ。

だが、そんなことはおくびにも出さず、彦次郎は面を取ると爽やかな笑顔で、

「剣の修練、怠っておらぬな」

それを肯定するほど厚かましくはない。

「いや、修練不足だ。それが証拠に息は上がっておるし、大汗をかいた」

源之助は手拭いで額や首筋から滴《したた》る汗を拭った。腰の痺れは痛みに変わっていた。だが、ここで腰痛を訴えることはいかにも恥ずかしい。

「ならば、ちょくちょく顔を出すのだな」

彦次郎は笑顔を弾《はじ》けさせた。

「その通りだ」

源之助は言うと腰を庇《かば》いながら道場の隅に座った。

稽古を終え、帰り支度を終えたところで、

「寄っていかぬか」

彦次郎から誘いを受けた。

「そうだな」

源之助は言葉を濁すと、

「遠慮するな」

彦次郎に羽織の袖を引かれた。

二人は母屋に入った。玄関で小さな男の子の声がした。彦次郎と亜紀《あき》の間には子供はいないはずだ。怪訝《けげん》な表情を浮かべる源之助に、

「親戚の子だ」

と告げ、彦次郎は玄関を上がった。

「亜紀殿の親戚か」

源之助はそう聞いたが彦次郎の耳には届かなかったのか答えず足早に奥に向かった。源之助もそれ以上は尋ねることもなく続いた。腰の痛みが顔をしかめさせる。庭に面した居間で亜紀が声の主と思われる男の子の相手をしていた。

亜紀は源之助に気がつき、

「これは、蔵間さま」

と、三つ指をつく。

「まあ、ゆるりとしてくれ、といっても大したもてなしはできんが」

彦次郎の言葉を引き取り亜紀が、

「庭の柿で作りました」

と、干し柿を出してくれた。源之助はかたじけないと上半身を動かした時、腰の痛みが激化した。

――いかん――

思わず顔をしかめると、

「どうなさったのですか」

亜紀が心配そうに尋ねてくる。

「いや、なんでもござらん」

源之助は返事をしたもののこれは簡単には治りそうもないと思った。

「無理をさせてしまったか」

彦次郎に言われると意地を張りたくなる。

「そんなことはない。なんのあれしき」

「意地を張るところは昔と少しも変わりがないな」

彦次郎は愉快そうに笑う。

亜紀は、

「どうぞ、ごゆっくり」

と、男の子の手を引き居間を出た。

「亜紀殿の親戚なのか」

「そうだ」

彦次郎はどうも歯切れが悪い。

なんとなく、わけありな気がしたがここで問い詰める気はしない。すると、源之助の表情に不審なものを読み取ったようで、

「亜紀の母の実家の息子だ。養子にどうかということでな。しばらく、預かることにした」

彦次郎の表情には亜紀への気遣いが感じられた。源之助もこれ以上は立ち入らず干し柿に手を伸ばした。干し柿を食べるとその甘味にほっとした気分に包まれた。

「それにしても痛そうだな」

彦次郎は言う。

「大丈夫だ、これしきのこと」

「医者に見せたらどうだ」

「馬鹿言え。こんなもの、明日の朝にはすっきりとしておる」

「腰を痛めると癖になるぞ。無理はするな。馬鹿にしておると思わぬ深手となるやもしれん」

彦次郎の顔には最早からかいの表情はない。真剣に友の身を案じているようだ。そうなるとかえって弱味を見せられない気になってしまう。意地ではなく、友のいたわりに甘えてはならないという気がするのだ。

「まあ、今日は無様《ぶざま》なところを見せたが、今後は修練を怠らぬように致す」

「そうだ、その意気だ」

「ならば、これにて」

源之助は立ち上がり部屋を出た。彦次郎に見られないところで顔をしかめる。背筋を伸ばしたままそっと騙し騙し廊下を歩く。

「もう、お帰りでございますか」

背後で亜紀の声がした。

思わず振り返りそうになると痛みが走る。そっと細心の注意を払って振り返ると亜紀の笑顔があった。

「今日はこれで失礼致します」

ごつい顔に笑みを作った。それが引き攣《つ》ったものになっていることは源之助自身がよくわかっている。

そのまま廊下を歩み玄関までやって来た。そして、雪駄《せった》を履く。

雪駄が重い。

実はこの雪駄、底に鉛の薄板を敷いてある。定町廻りの時、罪人を捕縛する際に一つでも多く武器があればと懇意にしている履物問屋杵屋《きねや》に頼んであつらえてもらった。居眠り番に回されてからは無用の長物と化したが、源之助はそれを己が誇りであるかのように履き続けた。

今年の夏は猛暑とあってついに意地を張り続けるのが馬鹿らしくなり、脱いでしまった。秋頃から己の鈍った身体を鍛える意味で下駄箱の奥から引っ張り出してきた。

それが見事に裏目に出てしまっている。

源之助は文字通り重い足取りで家路についた。

二

八丁堀の組屋敷に戻る頃には夕闇が辺りを覆っていた。木枯らしが吹き抜ける中、木戸を潜る。神田から八丁堀まで急げば四半時（三十分）ほどの距離にもかかわらず、腰を庇いながらの歩行は一時（二時間）を優に越えてしまった。

それでも玄関に立つとこのような無様な姿を見せるわけにはいかない。しゃきっと胸を張った。

途端《とたん》に腰に鋭い痛みが走り、

「うう」

うめき声を洩らし眉をしかめてしまう。格子戸に摑まりそろりと開け、

「ただ今」

と、放った声音《こわね》も心なしか弱々しい。すぐに、妻の久恵《ひさえ》がやって来て三つ指をついた。いつも夫を立て、余計なことを言わない女だ。その久恵が心なしか明るい顔をしている。だが、そのことを聞く余裕は今の源之助にはなく、口をへの字にしたまま廊下を奥に向かった。

居間には息子の源太郎《げんたろう》が待っていた。

「お帰りなさりませ」

源太郎は丁寧な挨拶をした。目下《もっか》十九歳、見習いとして北町奉行所に出仕している。

源太郎は俯《うつむ》き加減でどことなく落ち着きがない。

「すぐに夕餉《ゆうげ》の支度を致します」

久恵が言ったが源之助は食欲が湧かない。それどころかすぐに横になりたかった。

「いや、よい」

久恵は、いぶかしんだ。

「腹は空いておらん」

久恵は、ではお茶を淹《い》れますと言って一旦は居間から外に出た。

「父上、どこかお加減でも悪いのではございませんか」

源太郎が気遣ってくれた。

「いや、そんなことはない」

息子には虚勢を張ってしまう。久恵は茶を持って来た。茶碗の温もりがひどくありがたい。濃い目の茶は疲労を和《やわ》らげてくれた。久恵はちらりと源太郎を見やり、そして源之助に視線を戻すと、

「先ほど南町の生方《うぶかた》さまから源太郎に縁談の話がまいりました」

「…………」

源之助は茶碗を口に当てたままぼんやりとした。

生方とは南町奉行所吟味方《ぎんみかた》与力生方九郎兵衛《くろべえ》のことである。公正な吟味を行うと北

町にまで評判が聞こえる男だ。その牛方からの縁談となれば良縁が期待できる。源之助はここで正気に戻ったように、

「相手は……。相手はどこの娘さんだ」

久恵は源之助のあわてようにくすりとすると、

「それは、明日、あなたにお報せするそうです」

「ふむ……」

源之助は言い源太郎を見る。源太郎は源之助の視線を避けるように目を伏せている。いつまでも了供ではない。源太郎も十九、そろそろ縁談があってもおかしくはない。

「ちょっと早いような気がしますが」

久恵は遠慮がちであるがそう言った。母親としての複雑な心境を物語っているようだ。

「まあ、それは、そうかもしれんが、源之助とていつまでも独り身というわけにはいかん」

源之助は言いながらも喜びと驚きが複雑に交錯している。

「相手の方はやはり八丁堀同心の娘なのでしょうか」

「それはそうだろう。八丁堀同心の縁組はそういう慣わしになっておる」

実際、源之助と久恵もそうだ。

「いい方でしょうね」

久恵は不安を口に出した。与力の紹介である以上、この縁談を受けてから断ることなどはできない。

「生方さまのお話だ。いい娘に決まっておる」

源之助はあまりの意外な話にしばし腰の痛みも忘れてしまった。

「湯屋に行かれますか」

「いや、今日は寝る」

「わかりました」

久恵は寝間に向かった。

「お休みなさりませ」

源太郎は両手をついた。何か声をかけてやるべきだが、縁談相手がわかってからの方がいい。

「うむ」

源之助は顎を引いた。

源太郎は複雑な表情を浮かべ自分の寝間に向かった。

「寝間の用意ができました」

久恵の声に導かれ居間を出た。星がやたらときれいに瞬《またた》いている。吐く息が白くなった。腰がぴりりと痛んだ。

源之助は黙って寝間に入る。

布団に身を横たえるとつい顔をしかめてしまう。行灯《あんどん》の淡い灯りながらもその表情を悟られまいと久恵に背を向けた。久恵は源之助に声をかけることが憚《はばか》られるように遠慮がちである。

このままでは無用の心配をかけてしまうと思い、

「源太郎に縁談とはな、いささか驚いた。まだ、見習いの身であるというのに」

いささかの照れもあり苦笑交じりである。

「何時《いっ》の間にか大きくなるのですね」

久恵の声音にも微妙な感情が込められていた。うれしさと戸惑いとそれから言い表せない気持ちが込められているのかもしれない。

「そういうものかな」

源之助は言う。

しばらく沈黙が続き、

「具合が悪いのではないですか」

久恵の口調が変わった。

「いや」

「やはり、お悪いのですね。お声を聞けばわかります」

「そうか……。大したことはない。道場で稽古の時、少々腰を捻《ひね》っただけだ」

「痛むのですか」

「少しだけだ」

久恵はわずかばかりの沈黙の後、

「あまり無理をなさらない方がよろしいですよ」

源之助は抗《あらが》おうと思ったがふと、

「そうかもな。息子が嫁をもらうかもしれないのだ。わしも歳を取るはずだ」

「何も年寄り扱いをしているわけではございません」

「そうか」

源之助は薄く笑った。それから寝返りを打ち、「いつつつ」と痛みに顔を歪める。

「ほらほら」

久恵に言われ、どちらからともなく失笑を洩らした。

明くる四日の朝、源之助は腰に晒しを巻き出仕した。痛みは幾分か和らいだ。いや、なるべく腰に刺激を与えないように気をつけているだけだ。

居眠り番こと両御組姓名掛は閑職ということにふさわしく奉行所の建屋内にはない。奉行所内の土蔵の一つを間借りしている。板敷きの真ん中に畳を二畳置き文机《ふづくえ》と火鉢を揃えていた。漆喰《しっくい》の壁に沿って書棚が建ち並びそこに南北町奉行所の与力、同心の名簿があった。

源之助は出涸らしの茶を一杯飲んだところで源太郎の縁談が頭を過《よぎ》る。頃合を見計らって生方九郎兵衛を訪ねようと思った。

と、そこへ、

「邪魔するぞ」

と、引き戸が開けられた。朝日を背に黒い影となったその人影はまごうかたなき生方九郎兵衛である。源太郎の縁談に関わることと思い威儀を正した。生方は柔らかな笑みを浮かべながら入って来た。

生方は裃《かみしも》を身に着け源之助の用意した座布団にふわりと座った。

「御用向きがございましたら、わたしが出向きましたものを」

源之助の言葉に生方は気にするなと前置きをしてから、

「昨日、留守の折、おまえの屋敷を訪ねた」

「家内に聞きましてございます」

生方はうむとうなずき、

「縁談の相手じゃが、南町の定町廻り同心矢作兵庫助《やはぎひょうごのすけ》の妹美津《みつ》だ」

「矢作殿」

面識はないが、豪腕と評判を取る男と聞いている。それから記憶の糸を手繰《たぐ》るように、

「矢作健助《けんすけ》殿のご子息ですね」

「いかにも」

生方は書棚に視線を這わした。

そうだ。あれこれ思わずに名簿を見ればいいのだ。源之助は腰を庇いながら慎重に腰を上げ南町奉行所の箇所から矢作兵庫助の名簿を取り出した。それをもって生方の前に座り差し出す。

生方はそれを一読してから源之助に返した。目は読めと言っている。源之助も目を通す。やはり、矢作健助の息子だった。

「矢作殿は三年前に亡くなられました」

そう声を出した。

妻は十年前に亡くしている。矢作兵庫助は天明八年（一七八八年）生まれの二十四歳、源太郎の縁談相手である美津は寛政七年（一七九五年）生まれの十七歳であった。

「兄妹の二人暮らしのようでございます」

「そのようじゃな」

生方は茶を一口飲んだ。

「今回の縁談、どのような経緯でございますか」

源之助は戸惑いの視線を向ける。

生方はニヤリとし、

「美津が源太郎に一目惚れをした、ということだ」

三

「一目惚れでございますか」

源之助は益々わからなくなってしまった。そんなことを言われてもきょとんとなってしまうだけだ。生方はおかしそうに、

「源太郎、おまえに似なくてよかったな」

「はあ……」

「おまえのそのいかつい顔でなくてよかったと申しておるのだ。源太郎の優しげな面差しは女房似じゃな。特に目元は」

言ってから生方は陽気に笑った。源之助としては返事のしようがなく生方が笑い終えるまで待つしかなかった。

「そんなわけだ」

生方はひどく満足そうである。

生方から縁談を持ち込まれた以上、容易に断るなどできるはずはない。

「ありがとうございます」

源之助はともかく礼を述べ立てた。

「ならば、見合いの日取りなどは追って連絡する。楽しみに待っておれ」

生方は既に縁談が決まったかのような物言いだ。源之助は腰の痛みも忘れてしまうほどにぼうっとなってしまった。

源之助は夕暮れ、八丁堀の組屋敷に帰る途中、つい矢作兵庫助の屋敷に足を向けた。

見合いをする前に先方に会うわけにはいかないし、垣間見るなどということはいかにも卑劣な行為である。

だが……。

降って湧いたような見合い話であることに加え、源太郎に一目惚れをしたということを聞き、弥が上にも高ぶる好奇心はどうしようもない。

そんな自分の野次馬根性を戒めるように吐き捨てた。自分としたことがなんという下世話な考えを起こしたのか。

「いかん」

だが、湧き上がる好奇心はどうしようもない。

優柔不断の気持ちの末、矢作の組屋敷にやって来てしまった。木戸門が開いていて、中を見通すことができる。ここまで来た以上、美津の姿を確かめたかった。

だが、そう都合よく美津が表に出て来てはいない。

「何をやっておるのだ」

源之助は自分を諫《いさ》め、家路についた。冷たい風は腰にはいかにも悪そうだ。

組屋敷に戻ったところで、

「源太郎はまだか」

「まだです」

答える久恵の声は明るい。

そして、無言で源太郎の縁談のことを問いかけている。

「生方さまからお話を頂戴した」

源之助も期待に応えるように口を開く。久恵の目が好奇心に疼《うず》いた。

「相手は南町の定町廻り矢作兵庫助殿の妹御美津殿と申される。矢作殿は三年前にお父上を亡くされお身内は美津殿だけである」

「美津殿と申されるのですか」

早くも姑の立場として嫁を迎えるかのような感慨を抱いているようだ。

「それで、どのような経緯で美津殿との縁談が持ち上がったのでございますか」

「それがな」

源之助のいかつい顔が柔らかになった。久恵はわずかに戸惑いの表情を浮かべた。

「それが、美津殿が、その、なんだ。源太郎のことをな、一目惚れしたそうだ」

源之助は言い辛そうに口を開くと、

「まあ、そうなのですか」

久恵もきょとんとなった。

「にわかには信じ難いがそういうことらしい」

久恵は恥ずかしそうに目元を赤らめた。

「生方さまは中された。わしに似ず、おまえに似てよかったと」

源之助は照れから渋面《じゅうめん》を作った。

久恵は口をつぐんだ。

「あいつが聞いたら、どんな顔をするか」

「源太郎は生《き》まじめですから、きっと驚き戸惑うでしょうね」

「いずれにしても、近々、見合いの席が設けられるそうだ」

「わかりました」

久恵はいかにも楽しみというように顔を輝かせた。


一方、源太郎は定町廻り同心牧村新之助《まきむらしんのすけ》と共に築地本願寺の裏手、築地川の河岸で発見された殺しの現場に来ていた。

四日の昼八つ半（午後三時）を過ぎ、日は西に大きく傾いている。築地本願寺の伽《が》藍《らん》が大きな影を引き、海も近いとあってはやたらと風が吹きすさぶ。襟足から忍び込む寒風が気になるがそんなことは言っていられない。

新之助と源太郎は河岸に横たわる亡骸《なきがら》に屈んだ。

男である。心臓を刺殺されている。縞柄の袷《あわせ》を着流し、右の頬に傷が走る。源太郎が背中を検《あらた》めると、背中一面に龍の彫り物をしていた。おまけに、懐には匕首《あいくち》を呑んでいる。

「やくざ者ですかね」

源太郎が新之助を見上げる。

「面体《めんてい》からするとそうなるな」

「となると、仲間内の喧嘩かもしれませんね」

「そうかもな」

新之助は傷を見ながら言った。

「この辺りのやくざ者を当たることになりますね」

「そうだな」

新之助が返したところで、

「どきな、どきな」

と、伝法《でんぽう》な物言いの声が聞こえる。野次馬をかき分け十手《じって》を振りかざした岡っ引風の男が小走りに向かって来る。と、思ったらその背後に八丁堀同心風の男がいた。新之助よりは歳若いまだ二十代半ばといったところだ。真っ黒に日焼けし、いかにも気の強そうな目をしている。

同心はやくざ者の亡骸の前に立った。新之助と源太郎に視線を送り、

「北町の方々か。拙者、南町の定町廻りで矢作兵庫助と申す。これなるは手先に使っておる権助《ごんすけ》」

矢作は目つきの悪い岡っ引に視線を送る。権助はいかにもお義理といったように頭を下げる。

新之助が、

「北町の牧村新之助でござる」

源太郎も、

「同じく蔵間源太郎と申します。まだ、見習いの身です」

すると矢作の目が鋭く源太郎に注がれた。頭から足の爪先までを舐《な》め回すように見ている。源太郎はいい気はしなかったが、矢作の狙いがわからず、かといって問いかけることもできず、無言を貫く。

矢作は何も言わず、何故か苦笑を洩らした。それから新之助に向かって、

「この男、深川辺りに巣くっておるやくざ者で火龍《かりゅう》の伝吉《でんきち》という男でござる。この殺し、わたしが引き受ける」

と、一方的に宣言をした。いささか居丈高《いたけだか》と感ずるほどの物言いだった。源太郎は自分をねめつけたことと相まってこの男にいい印象を抱かなかった。それは新之助も同様であるらしく、

「いきなりそのように申されましても。我らとて町役人《ちょうやくにん》から報せを受け現場に駆けつけた以上、関わりができたのです」

新之助らしく物言いは丁寧なもののその表情には厳しさが漂っていた。

「これは拙者の一件、それとも不満がござるのか」

矢作の言葉は弥が上にも怒りを誘った。源太郎が思わず一歩前に出た。矢作は真っ黒な瞳で源太郎を見返した。源太郎が口を開こうとしたのを新之助が制し、

「今、申しましたように我らとて一件に関わりを持ったのです。しかも殺しです。それをいきなり横から南町の方が出て来られて、自分に任せろ、はい、任せましたでは十手を預かる意味がござらん」

「いかにも横からしゃしゃり出たように申されるが、そのつもりはござらんし貴殿と縄張り争いをするつもりもなし」

矢作はひるむこともない。

ついには源太郎が、

「わけもなくご自分の一件とはいかにもぞんざいではござりませんか」

矢作は薄笑いを浮かべ、

「蔵間殿と申されたな。確か見習いとか」

その小馬鹿にした態度は余計に腹が立つがここは落ち着かねばならない。

「見習いでも言うべきは言い、聞くべきは聞くべきと思っております」

「なるほど、では、申そう」

矢作はニヤリとすると伝吉の亡骸の側《そば》に屈み、

「この伝吉とやくざ仲間、かねてより拙者が内偵をしておるのだ。近々に大掛かりな賭場が開かれる予定でしてな、それを摘発するのが目的。ようやくのことで伝吉をこちらに引き込んだところでござった。よって、ここは、わが手で伝吉殺しの下手人、おそらく博徒仲間であろうが、その者をお縄にし、賭場を壊滅させるという大きな役目がある」

矢作はちらりと権助に視線を這わせた。おそらく権助も大いに働いているのだろう。人相の悪い顔に自信をみなぎらせた。

「そうでありましたか」

新之助の声はしぼんでいく。

「よって、この殺し拙者が担当する。よろしいな」

矢作は余裕たっぷりという調子で言う。横で権助も不愉快な笑みを張り付かせている。

「承知」

新之助は返事をした。源太郎は唇を嚙んだ。すると矢作が、

「そちらの見習い殿もよろしいな」

いかにも皮肉たっぷりに問いかけてきた。

「承知」

源太郎も言った。

すると矢作は権助に向かって、

「さあ、最初から調べ直しだ」

と、いかにも不愉快そうな声をかけた。それは新之助と源太郎の仕事ぶりを嘲笑《あざわら》うかのようだった。

# 四

　その日の夕暮れ、源太郎は新之助と共に縄暖簾《なわのれん》を潜った。八丁堀を流れる楓川に架かる越中橋の袂にある小ぢんまりとした店である。

　二人とも帰途は無言であった。原因が今日遭遇したやくざ者の殺しにあることはお互いにわかっている。そのわだかまりが胸に横たわっていて、共にどうしようもない不快感から逃れられないでいたのだ。

　それでどちらからともなく越中橋を渡ったところで縄暖簾が目に入ると、足を向けたのだった。

「熱いのに湯豆腐だ」

　新之助はそう言うと小上がりの入れ込みに上がり込んだ。二人は酒が運ばれて来ると酒を酌み交わしてから、

「嫌な奴でしたね」

　源太郎が言った。

　他人が聞いたらいかにも唐突で脈絡のない言葉ながら、それだけで新之助には十分

に伝わった。

「まったくな」

新之助も不愉快そうに顔を歪める。

「あの殺し、矢作殿の一件だってことはわかりますが、物には言い方というのもがございます。はなからきちんと筋道立てて話してくだされば、我らとて聞く耳は持ったのです」

源太郎はいつになく興奮していた。

「そういうことだ」

新之助も諫めはしない。猪口《ちょこ》を煽《あお》る右手も急がしげで、くいっという音までが聞こえてきそうだ。

「あの矢作、南町での評判はどうなのでしょう」

「よくは知らんが、豪腕という評判だな」

「豪腕ですか」

そう聞けばそうだが、豪腕というよりは、強引なのではないか。それは新之助にも同じ気持ちとみえ、

「強引な男だ。おそらく、探索も性急で強引なのだろうよ。おまけに、手柄は独り占

めにするといった風なのではないか」

新之助は空の徳利を調理場に向かって振って見せた。

「あんな男の下で見習いなどしたくはないですね」

「そうだろうな」

「わたしは幸せですよ。牧村さまの下で」

「こいつ、何時の間にか世辞がうまくなったな」

「世辞ではございません。心底からそう思っております」

源太郎があまりに大真面目なものだから新之助は照れるように横を向いた。

「ともかく、忘れよう」

「そうですね」

言いながらも源太郎の脳裏には伝吉の無惨な殺されようが過《よぎ》った。いくら極悪な男でもその死に様は哀れなものだ。矢作の話では伝吉は矢作に仲間の情報を売っていた。それが見つかって殺されたのだという。

であれば、人死とも言える。魂はこの世を彷徨《さまよ》い成仏《じょうぶつ》できないでいるだろう。

だが、一件は矢作が追うことになってしまった。

「もう忘れよう」

新之助はわざと明るい声を出す。

「そうですね、ぱっといきますか」

「そうだ。じゃんじゃん持って来てくれ」

新之助は大きな声を出した。


源太郎は組屋敷に戻った。

飲んでいる時はこれくらいの酒は平気だと繰り返したのだが、夜道を木枯らしにさらされ、自宅が近づくにつれ酔いが回ってきた。

——いかん——

酔いを醒まそうと頬を手で打った。源之助の顔が脳裏に浮かぶ。

このように酔っ払って帰って来たのでは父の叱責が待っているに違いない。と思ったら猛烈な吐き気に襲われた。

「いかん」

呟《つぶや》いた時には我慢できずしゃがみ込んでしまった。どこかの八丁堀同心の組屋敷の門前だ。

「駄目だ」

必死で抑えたが、胸を突き上げてくる吐き気はどうすることもできず吐《と》しゃしてしまった。吐き終えたところで、

「大丈夫ですか」

と、背後から声をかけられた。

女の声、しかも、まだ若い娘のようだ。この屋敷の娘なのだろう。

「すみません」

源太郎は立ち上がった。

小柄な娘だった。暗がりのため面差しはよく見えないがなんとなく可愛らしさを感じさせる。しげしげと顔を見るのは憚れる。

「どうぞ、お飲みください」

娘は丼を掲げた。

「はあ」

源太郎は言いながらも丼を受け取り飲み干した。冷たい水は悪酔いの胃袋に心地良く治まった。

「かたじけない」

「もう一杯いかがですか」

「いや、もう、結構」

源太郎は門前を自分の吐しゃ物で汚してしまったことを詫び、

「掃除をします」

「それはこちらでやりますから」

「そういうわけにはまいりません」

「いえ、本当によいのです。それより、早くお帰りください。兄が戻ってまいります」

「兄上が」

「兄はとても怖い人ですから。どうか、お帰りを」

娘の願いを酔った頭で考える暇もなく源太郎は家路についた。

自宅が近づいてからはたと気がついた。

「ああ」

屋敷の主の名前も娘の名前も聞きそびれてしまった。

迂闊《うかつ》だ。

明朝でも詫びに行かねばならないところであったのに。

源太郎はそんな思いを抱きながら自宅に着いた。吐いたお陰で酔いはいくぶんか収まっている。それでも自分に気合いを入れて格子戸を開けた。

「ただ今、戻りました」

できるだけ酔いを悟られまいとするが、わずかに呂律《ろれつ》が怪しくなっていることは自分でも気がついている。すぐに久恵がやって来た。久恵はわずかに顔をしかめた。叱責をされると思ったが意外にも、

「父上がお待ちです」

という一言ですませてくれた。

源太郎は千鳥足になりそうなのをしっかりとした足取りで居間に入った。

「ただ今戻りました。申し訳ございません、少々過ごしました」

源太郎はまずは詫びた。

「まあ、御用に差し支えがないように致せ」

源之助も意外にも穏やかだ。

「はい」

勢いよく両手をついたところで、

「おまえの縁談相手がわかった」

源之助は厳しい表情ながら目元は柔らかである。久恵も隅に座りにこやかになって

いる。源太郎はぼうっとした頭で源之助の言葉を待った。

源之助は空咳を一つしてから、

「南町の定町廻り矢作兵庫助殿の妹御美津殿じゃ」

「………」

言葉が発せられないのは酔いのせいではない。

「矢作殿……」

やっとそう一言言った。

まさか、よりによって矢作の妹だと。矢作の居丈高な物言い、真っ黒に日に焼けた大きな顔が思い浮かぶ。

なんということだ。

# 第二章　息子の縁談

## 一

「どうした」

源之助は源太郎の戸惑いをいぶかしむ。久恵とて同様で二人して不信な目を向けていた。

「あ、いえ、なんでもございません」

源太郎はそう答えたものの、そうでないことは顔に書いてある。

「どうしたのだ」

源之助は問いを重ねる。

それでも源太郎は口ごもっている。

「はっきり申せ」

　源之助が言うと久恵までもが、

「一生のことなのです。胸にわだかまりなどがあってはいけません。一物《いちもつ》を持っているのなら、はっきりと言いなさい」

　久恵はいつになく厳しい物言いになっている。

　源太郎は正座し直して背筋をぴんと伸ばした。

「南町の矢作兵庫助殿の妹など嫁にもらいたくございません」

　一瞬の沈黙があり、源之助は久恵と顔を見合わせてから、

「矢作殿の妹御、美津殿のことを存じておるのか」

「矢作兵庫助殿のことをいささか存じております」

「何故、見知っているのだ」

　源之助には意外な話だ。北町の見習い同心と南町で豪腕と評判を取る定町廻りに接点など思い当たらない。

「本日のことでした。築地本願寺の裏手で殺しが発生したのです。牧村さまと一緒にその探索に赴いたところ、横から入って来たのが矢作殿でした。矢作殿は仏のことを知っており、それはご自分が探索をかけていた博徒一味であると主張なさいました。

よって、殺しは自分が当たる。北町は手を引けと申されたのです」

源太郎はその時のことが思い出されたのか拳を握り締めた。

「それは至極当然のことと思う。むしろ、矢作殿は御用に熱心であると思うぞ」

源之助は源太郎の気持ちの高ぶりを静めるように淡々と返した。源太郎は反発するように顔を上げ、

「それはそうです。ですが、矢作殿の物言いと申しますか、態度と申しますか、実に不快なものでした。この殺しは自分が扱う、貴様らは邪魔だとでも言わんばかりなのです。物には言い方というものがあると思うのです。いかにもわたしと牧村さまのことを見下したかのような態度、そして、わたしのことを蔑《さげす》むかのようにじろじろ見て……」

源之助は苦笑を浮かべ、

「その場におらなかったわたしが申すのはなんだが、矢作殿の示した態度はともかく、おまえをじろじろと見ていたというのは、おまえを美津殿の縁談相手と思って、どんな男か興味を持ったということだろう」

「それにしましても、人を蔑んだような眼差し、不愉快極まりないものでございました」

「おまえの受け取りようだと思うぞ」

「あの男が義兄となることには大きな抵抗があります」

源太郎は源之助に責められたことで余計に反発心を募らせたようだ。

「どうしてもか」

「嫌でございます」

源太郎の意固地に源之助も渋い顔になる。

「父上、生方さまに断りを入れてくださいませんか。できないと申されるのなら、わたしが直接お願いに上がります」

「そのような無礼なことできるか」

「なんと申されようとこれには納得できません」

「我儘《わがまま》を申すものではない」

「我儘かもしれませんが、このことは通させていただきます」

源太郎は酔いが手伝って強気になっている。源之助は持て余すように顔をしかめる。

すると、久恵が、

「源太郎」

「なんですか」

源太郎は赤らんだ顔を向ける。

「あなたは、欠作殿の兄上と見合いをするつもりなのですか」

「…………。いえ、そうではございません」

「あくまで妹美津殿との縁談でしょう」

「はい、それは……」

「ならば、兄上のことばかりに頭がいくのではなく、美津殿のことを少しは思ったらどうなのです」

久恵は珍しく険しい表情となっている。

「そんなことを申されましても、わたくしは美津殿のことを存じません」

「だから、見合いをするのではありませんか。会ってみてはどうなのです。会いもせずに断るなんてあまりに理不尽ですよ」

久恵の熱心さに源太郎は戸惑い、

「母上、どうされたのですか」

「美津殿はあなたのことを気に入っておられるのです」

「はあ……」

源太郎は狐に摘まれたかのようにぽかんとなった。

「娘が自分の思いをたとえ兄にでも打ち明けるなどよほどのことですよ。そのことを汲み取ってあげないでどうするのです」

「はあ、ですが、美津殿はどうしてわたしなんぞを」

「それはわからん」

源之助が言う。

「会ったこともないのですよ」

「本当に会ったことはないのか」

「ございません」

「知らず、知らずのうちに言葉を交わしていたということはないのか」

「とんとございません」

源之助は首を捻っていたが、

「まあ、その辺りのことはわからんが、ともかく、生方さまを通じての縁談だ。軽々しく断ることはできん」

「はあ」

「そう、浮かない顔をするな、めでたいことではないか。いくら兄が気に入らなくても、本人のことは気に入るかもしれん。ともかく、見合いの日が決まったら報せる」

「わかりました」

「ならば、これでな」

「お休みなさりませ」

源太郎は浮かない顔をしながら居間から出て行った。源太郎の姿が見えなくなったところで、

「先ほどは差し出がましいことを申しましてまことに申し訳ございません」

久恵が頭を下げる。

「どうした」

「余計な口出しをしてしまいました」

「そんなことはない。源太郎とておまえの言葉で心を動かされたのだ」

「それにしましても、美津殿というお方、どのような方なのでしょうね。源太郎にも申しましたが女の口から自分の気持ちを伝えるなど」

「はしたないと申すか」

「そこまでは思いませんが、意思のしっかりした娘御なのではないかと存じます」

「そうかもしれんな」

源之助は言ってからくすりと笑った。

「どうなすったのですか」

「いや、案外としっかりした娘で、源太郎には過ぎた女房になるかもしれんと思ってな」

「お気の早いことですね。源太郎の話ですと、兄という方のことが気にかかります」

「大分癖のある男のようだな。南町では豪腕と評判の男だ。お父上のことは知っておる。お父上はどちらかというと物静かな、それでいて罪人の口を割らせることに関しては並々ならぬ腕をお持ちだった。豪腕とか仕事のできる男というのはえてして周囲からは煙たがられるものだ」

「わたしはとってもお優しい心根のお方と思います」

「どうしてそれがわかる」

「妹の気持ちを適《かな》えてやろうとなすっているのですもの」

久恵はにこにことした。

「そうかもしれんな」

源之助も腕を組みながら思案をした。

「楽しみになってきましたわ」

「おまえ、うれしそうだな」

「それはもう」

久恵は生き生きとしている。

「わたしも会うのが楽しみになってきた」

「美津殿にですか」

「美津殿にもそうだが、兄の矢作兵庫助という男にな」

源之助も頬を緩ませた。いかつい顔がちょっぴり柔らかになった。


明くる五日の朝、深酒がたたって源太郎は胸やけがした。それでも、無理やり朝餉を食しいつもよりも早めに屋敷を出た。

昨晩の屋敷のことが気にかかる。あの娘。

親切に介抱をしてくれたばかりか、自分の不始末まで補ってくれた。暗がりでよくわからなかったが、いかにも優しげで可愛らしい娘だった。

一言、詫《わ》びと礼が言いたい。

そう思って早めに屋敷を出たのだ。

## 二

源太郎は昨晩の屋敷の前にやって来た。木戸から中を覗くが誰もいない。

「兄は怖い人ですから」

と、娘は言っていた。

あの娘にも兄がいるのか。

「まさか」

まさか、昨晩の娘が矢作美津。

「いや」

それはいかにも早計であると諫めた。そのような偶然があるわけがない。恨めしげに見る屋敷だが、誰も出ては来ないか。いつまでも突っ立ているわけにはいかない。源太郎は吹っ切るようにして北町奉行所へ急いだ。


奉行所に出仕したところで牧村新之助が源太郎の羽織の袖を引き、

「おまえ、ちょっと」

と、詰所の外に引き出された。

「なんです」

源太郎はきょとんとなった。

「聞いたぞ」

新之助は思わせぶりに肩をすくめた。

「何がでございますか」

「縁談がきたそうではないか」

「はあ、まあ」

源太郎は曖昧に返事をする。新之助はいぶかしげな顔で、

「縁談相手は誰なんだ」

「はあ、それが……」

矢作兵庫助の妹とは言えない。

「どうしたのだ。相手は誰だ」

「それはそうでしょうが」

「誰だよ」

新之助はしつこい。

「知りません」

源太郎は横を向く。

「本当か。どんな娘かもう見に行ったのではないのか」

「そんなことございません」

源太郎はかぶりを振る。

新之助はいぶかしげな顔をして、

「聞いたところでは、南町の定町廻り同心の妹ということだが」

「そうですかね」

「こいつ、惚《とぼ》けおって」

「惚けてなどおりません」

新之助はここで眉をひそめ、

「まさか、矢作の妹だったりして」

これには源太郎は喉を詰まらせた。

「どうした」

「いえ、別に」

源太郎は首を横に振る。

「おかしな奴だな」

「そんなことありませんよ。そんなはずございません」

源太郎は新之助から逃れるように詰所に入った。


その日五日の昼下がり、居眠り番の源之助の土蔵には生方九郎兵衛が来ていた。

「見合いの日取りが決まったぞ」

「それはありがとうございます」

「急なのだがな、明日六日の夕方日本橋浮世小路の百瀬《ももせ》という料理屋だ」

「明日ですか」

「矢作の奴、忙しい身のようなのでな。不都合か」

「いえ、そういうわりではございません」

「ならば、決まりということでよいな」

「お願い申し上げます」

源之助は丁寧に頭を下げた。

「うまくいくといいがな」

「それは源太郎次第でございます」

「まあ、そうは言うが、矢作兵庫助という男、わしが申すのもなんじゃが豪腕と評判でな、なかなかによき働きをする。同僚たちの中には妬《ねた》みから、相当に強引な手法を用いるなどと悪しざまに申す者もおるが、気にするな」

「そのようでございます」

「わしもそなたの子息源太郎に会うのが楽しみじゃ」

「わたしも矢作殿と美津殿に会うのは楽しみでございます」

「よき縁談となればこれに勝る喜びはない。わしも、仲人のし甲斐があるというものだ」

生方は仲人できることの喜びを満面の笑みで表し急ぎ足で出て行った。

「さて」

源之助はもう一度、矢作兵庫助の名簿を取り出した。

そして、しげしげと眺める。

「兄一人、妹一人か」

そう呟いた。

源之助は腰の痛みが薄れていることに気がついた。

と、そこへ、

「御免」

　という聞き覚えのある声がした。

　彦次郎の声である。

「入れ」

　源之助は言った。

「多忙のところすまぬな」

　彦次郎が入って来た。

「皮肉か。申したであろう。居眠り番と揶揄されている暇な部署だと」

「そうであったな」

　彦次郎は声を上げて笑った。

「どうした。まさか、宗方道場までが暇なわけではなかろうに」

「そうだ。貧乏暇なしというやつだ。ところで、今日尋ねて来たのはよき医者をと思ってな」

「医者とわたしとどういう関係がある」

「隠さなくてもよい。腰を痛めたであろう」

「大したことはない」

意地になった源之助に彦次郎は医者の所在を書き記した書付を手渡した。源之助は不機嫌そうにそれを着物の袂に入れた。

「実は、預かっておる子供、一旦実家に帰すことになったのだが、その前に江戸見物をさせようと思ってな。何処がいいだろう」

「おまえ、一緒に江戸見物をするのか」

「そうなんだ」

「浅草とか両国とかか」

「そうだな、実を言うと、おれは江戸の盛り場というところに疎《うと》い。あんまり、江戸らしい所を見せてやることができないのだ。その点、おまえは町方の同心を永年やってきている。それで、何処がいいか教えてもらおうと思ってな」

彦次郎はこう言っているが、本音は源之助を気遣って来てくれたのだろう。江戸見物など源之助に尋ねなくてもわかる。源之助は友の気遣いが胸に染みた。

「浅草奥山の見世物小屋なんかどうだ。芝居と違って、子供にもわかる。見ていて飽きないぞ」

「そうだな、そうするか」

彦次郎は声を張り上げた。

て行った。


「おまえは元気だな」

源之助はいつまでも若さを失わない友が羨ましくもなった。彦次郎は笑顔を残し出て行った。


源之助は昼下がりになってから同心詰所を覗いた。縁台に筆頭同心の緒方小五郎《おがたこごろう》が座っている。弱々しい初冬の陽だまりの中で筆頭同心がうつらうつらと船を漕いでいる姿は江戸市中が平穏であることを思わせた。

源之助が足を踏み入れると気配を感じたのか、緒方はがばっと顔を上げる。源之助と視線が合った。緒方はばつが悪そうな笑みを洩らすと頭を掻き、

「まずいところを見られてしまいましたな」

「なんの、わたしなどは日がな一日、居眠りをしております」

源之助は笑い飛ばす。緒方に導かれ並んで縁台に腰掛けた。

「平穏でしてな」

緒方はそれが申し訳ないかのように言い訳じみた物言いをした。

「平穏が何よりです」

「それはそうですな」

と、言ってから緒方ははたと膝を叩き、

「源太郎殿に縁談が持ち上がったとか」

「まだ、見習いの身で早すぎるのではないかと思うのですが」

「そんなことはござらん、早めに身を固めるとそれだけ御用にも腰が据わるというものです」

「そうでしょうかな」

「ご心配ですか」

「いや、そういうわけではござらんが」

源之助は薄く笑った。

「縁談相手の矢作兵庫助、相当に癖のある男のようですな」

緒方は言ってから、「このことは誰にも言っておりません」と付け加えた。

「そうは申しても、源太郎は矢作と夫婦になるわけじゃなし」

源之助は腰を上げた。目を細め日輪を見上げる。なんとも気持ちのよい初冬の昼下がりである。

三

源之助は夕暮れになり家路についた。ところが、寒風に吹かれているうちに腰痛がぶり返した。彦次郎に教えられた針治療所に赴くことにした。京橋の近くだという。診療所は横丁の突き当たりにある三軒長屋の真ん中にあった。針治療武藤吉庵《むとうきちあん》と立て看板がある。格子戸を開けて中に入ると小上がりの板敷きには患者が数人待っていた。

と、その中に見覚えのある男がいる。

山波平蔵《やまなみへいぞう》。元南町奉行所同心。そして、源之助の前任者たる両御組姓名掛である。今は息子に任せ、隠居暮らしを満喫している。この日も焦げ茶の袷を着て火鉢に当たりながら読本《よみほん》を読んでいた。源之助が向かいに座ったところで、

「これは蔵間殿」

と、満面に笑みをたたえた。

「山波殿も針でござるか」

「この歳になりますと、あちらこちらにがたがきておりましてな。時折、針を打って

もらっておるのです」

「評判の名医とか」

「繁盛しておるようです。蔵間殿、どこか痛められましたか」

「面目ないことに、久しぶりに行った剣術の稽古で腰を痛めました」

「無理をなさったのでござろう」

山波は微妙な笑顔を浮かべた。

源之助はふと思いついたように、

「ところで、山波殿。南町の定町廻りの矢作兵庫助殿をご存じですな」

「むろん、存じておりますが」

山波の顔にぼんやりとした不安の影が差した。

「豪腕と評判の男ですが、実際どのような男でござるか」

山波は戸惑うように視線を泳がせた。

「そうですな、豪腕と評判通りに凄腕でございます」

「やり方が強引であるとも聞き及びますが」

「そういう点もござろう」

「同僚からの評判はいかがでござろう」

山波は渋い顔をした。それを見ただけで、決していいものではないということがわかる。

「どうして、矢作のことを気になさる」

「倅が矢作殿と御用を巡ってちょっとしたいさかいがありましてな」

「それを気になさっておられるのか」

「多少は」

「蔵間殿も心配の種がつきませんな」

山波は笑みで包み込んだ。

「ま、それは」

源之助は曖昧に口を濁した。

もっと、突っ込んだことを聞こうと思った時、

「山波さん」

という声がして、

「お先に」

山波はにこやかに治療へと向かった。源之助は手持ち無沙汰となり山波が残していった読本に手を伸ばした。頁をぱらぱらと捲るとたちまちにして頰が赤らんだ。それ

は、男女のまぐわいを題材とした破廉恥極《はれんちきわ》まりない物語で、挿絵《さしえ》もどぎついものだ。

あわてて、脇に置き知らぬ顔をした。

——若い——

隠居した山波の若さを思った。自分にはとても真似のできないことだ。自分が堅物だからというわけではない。自分とてこうした物に興味がないわけではない。しかし、自分の立場と手の取ることの恥じらい、後ろめたさが先に立ってしまう。ところが、山波はごく自然に、実にさりげなく楽しんでいる。

改めて山波平蔵という男の深さを思ってしまう。

山波は畳の上でうつ伏せになり、上半身裸で針治療を受けていた。その気持ち良さそうな横顔は好々爺然として余生を満喫していることを窺わせる。

やがて源之助の順番が回ってきた。

源之助は吉庵の前に座った。吉庵は頭を丸め、地味な縞柄の袷《あわせ》を着流しにした艶めいた男だった。源之助を一目見るなり、

「腰を痛められたな」

にっこりした。

「よくおわかりになりましたな」

「腰をかばっておられますからな、すぐにわかります。では、こちらに横になられませ」

言われるまま源之助は羽織を脱ぎ、袷の上半身を脱いだ。

「相当に武芸の鍛錬をなすっておられるな」

「そうでもござらん」

「いや、精悍なお身体《からだ》じゃ。お歳の割りには大変にお若い」

若いと誉められると悪い気はしない。

「腰はどうして痛められたのかな」

「お恥ずかしいことに剣術の稽古中に無理をしまして」

源之助は苦笑を洩らす。

「何事も無理は禁物、と申しても無理をするのが人だ」

吉庵は言いながら源之助の緊張を解《ほぐ》している。その柔らかな物言いは陽だまりのようなくつろぎを与えてくれた。

やがて針治療が始まった。何時《いつ》の間にかうとうととなる。眠りこけてしまったかと思った時には治療が終わっていた。

「いかがですかな」

吉庵は温和な笑みを送ってくる。

源之助は身体を起こしてみた。確かに腰は軽くなっている。

「無理はしばらく控えられよ。剣術の稽古などもって外《ほか》じゃ」

「承知しました」

源之助は着物を身に着けながら治療代を聞く。

「では、百文を」

源之助は百文を吉庵に置いた。

「かたじけない」

吉庵はにんまりとする。

「さて」

源之助は腰を上げた。

と、そこへ、

「先生、患者だ」

とひときわ大きな声がする。戸口を見ると大柄な八丁堀同心が老婆を背負っていた。

「なんだ、おまえか」

吉庵は乱暴な物言いながらも目は笑っている。

「婆さん、安心しな。この先生はな、顔も口も悪いが腕だけは確かなんだ」

そう言う同心自身が顔は真っ黒、おまけに源之助にも勝《まさ》るいかつい面構えである。そして、その荒々しい所作はがさつな男そのものであった。

「そっとおろせ」

吉庵は声をかける。

「婆さん、下ろすぞ」

同心は老婆をそっと板敷きに下ろした。

「ああ、いてえ」

老婆は顔をしかめる。

「ちょっとくらい我慢しろよ」

同心の言葉は厳しいがその目は老婆に対する慈愛に溢れていた。ところが老婆は、

「いてえもんはいてえんだ」

と、喚《わめ》き散らす。

「うるせえな、そんなことじゃ治るもんも治らねえぜ」

「早くしとくれよ、先生」

老婆は今度は吉庵に毒づいた。吉庵は苦笑を浮かべ同心に向かって、

「畳に運べ」

と、声をかける。

同心は苦虫を嚙んだような顔になり、周囲を見回してから源之助で視線を止めた。

「すまんが、手伝ってくれ」

そのあけすけな物言いは好感が持てた。

「承知」

源之助は老婆の足元に立った。同心が、

「いくぞ」

と、掛け声をかけておいて老婆の腕を抱えた。源之助は足を持ち上げる。

「そっとしてくれ」

老婆が喚きたてると、

「うるせえ、黙ってろ」

同心は駄々っ子をあやすように言うと畳敷きまで運んだ。そっと下ろし、

「ぎっくり腰だ。糊屋の婆さんでな、朝から晩まで盥《たらい》に屈んでんだ、そら、ぎっくり腰にもなろうってもんだ」

「よし、よし」

吉庵は老婆に治療をしようとした。

「ちょっと、あたしゃ女だよ」

老婆が言う。

「けっ、色気づきやがって」

同心は鼻で笑ったものの、老婆の願いを聞き届けてやるように衝立で四方を囲んだ。

源之助はこの男が矢作兵庫助であると思った。その考えを裏付けるように、

「矢作の旦那、本当に乱暴なんだから」

衝立の向こうから老婆の声が聞こえた。

「乱暴でもなんでもおれが担ぎ込んでやったんだぜ、感謝しろ」

衝立越しに聞こえる矢作の声は老婆をいたわる気持ちが滲んでいた。

源之助はしばらく矢作の横顔を見つめた。強面だが目が澄み渡っていた。がさつだが純粋な男のように感じられた。

「ああ、痛い」

「ちょっとは我慢しろ」

衝立の向こうでは吉庵と老婆が格闘している。

「先生、かまうことねえ。きついのをやってやれ」

矢作は言うと大笑いをした。その笑い声は老婆を励ましているようだった。

源之助は無言で立ち去った。

## 四

源之助は自宅に戻ると源太郎を呼んだ。

「見合いの日取りが決まった」

源太郎は逆らわずうなずく。

「明日の暮れ六つ、日本橋長谷川町の料理屋百瀬で行うことになった」

「良かったですわ」

久恵が言ったのだが、

「まだ、喜ぶべきではございません」

源太郎の言葉はささやかな抵抗の感じが込められていた。

「それは、そうですが」

久恵は曖昧《あいまい》に言葉を濁す。

「実は、先ほど矢作兵庫助殿と会った」

源太郎は意外そうな顔をした。久恵もおやっとした表情を浮かべている。

「腰の治療に立ち寄った診療所で見かけた」

源之助は矢作が老婆を背負って診療所にやって来た一部始終を語った。

「まことですか」

源太郎は意外そうに目をしばたたいた。

「嘘をついてどうする」

源之助は言う。源太郎はあたかも自分の無礼を詫びるように目を伏せた。久恵が、

「よいところのあるお方ではございませんか。案外と心優しいお方なのかもしれませんよ」

「そうだぞ」

源之助も言う。

「はあ、ですが」

源太郎は源之助のことを信じられないのではなく、源太郎が遭遇した矢作兵庫助という男の印象が強烈過ぎるのだ。あの時に対した男、がさつという点では一致しているが、親切なところなど微塵《みじん》も感じられなかった。

「ともかく、矢作という男の一面だけを見るのではなく、その奥底までも注意を向け

たらどうだ」

源太郎とて反論はできない。

「わかったな。では、今日はゆっくり休め」

源之助は自ら居間を出て寝間に向かった。源太郎は黙り込んだ。

「なにを愚図愚図と考えておるのですか。早く休みなさい」

久恵に急《せ》き立てられ源太郎は不安そうな顔で居間を出た。


明くる六日の朝、源之助は居眠り番に出仕した。源太郎には早く寝ろと言ったが源之助自身が緊張し寝付けなかった。そのため、今朝は眠くて仕方がない。ただでさえ、暇な部署である。

つい、うとうとと船を漕いでしまう。これではいかんと茶を飲む。しかし目を覚まそうという努力を無駄にするかのように朝日が差し込み、陽だまりとなっている。まさに、日向ぼっこにはうってつけである。

そこへ、

「おはようございます」

という声がした。

あわてて身を起こし戸口を見ると、

「おお、善右衛門《ぜんえもん》殿」

と、親しげに声をかける。

日本橋長谷川町に店を構える履物問屋杵屋の主善右衛門である。主人は代々善右衛門を名乗り、今の善右衛門で五代目という老舗《しにせ》である。

かつて、源之助は善右衛門の息子がやくざ者に身を落としたのをやくざ仲間から連れ戻し、更正のきっかけを与えた。以来、善右衛門は源之助に対する信頼を深め、二人の間には八丁堀同心と大店の商人という垣根を越えた付き合いが続いている。

善右衛門は細身ながら力強い目で挨拶をおくってきた。奇しくも源之助と同じ四十三歳。町役人を務めているだけあって、物腰は柔らかくとも商人としての矜持《きょうじ》を失っていない。

「これは、みっともないところをお見せしましたな」

言いながら源之助は茶を淹れた。善右衛門は土産だと大福を掲げた。

「なにせ、暇な部署なもので」

源之助は善右衛門の来訪をにこやかに迎えてからふと表情は引き締め、

「本日、お越しになったのは……」

と、視線を凝らした。

──影御用──

源之助が居眠り番と揶揄される両御組姓名掛に左遷されてから、奉行所では扱わない御用を善右衛門は持ってくる。源之助が暇を持て余し、八丁堀同心としてたぎる血を押さえることができないとみて御用を持ってくる。源之助はそれを影御用と呼んでいる。

この時も善右衛門が影御用を持ってきたのかといささか身構えたところだ。

「それが……」

善右衛門はいささか言い辛そうだ。

「どうされた、どうぞ」

「それが、面目ないことに取り立てて用などはないのです」

「影御用では……」

「期待を抱かせてしまい申し訳ないことですが」

善右衛門は頭を掻いた。

「そんなことはござらん。こうして顔を見に来てくださったのは大変にありがたいと存じます」

「そう言ってくだされば恐縮です。なにせ、わたしもずいぶんと暇な身になっております。お得意回りは善太郎《ぜんたろう》に任せておりますので」

「善太郎、しっかりやりよるではございませんか。これで、善右衛門殿も楽隠居でございますな」

「いや、まだまだ。善太郎には任せられません」

「そう思うのは善右衛門殿だけかもしれませんぞ。店の奉公人や得意先は善太郎を杵屋の主として認めているのかもしれません」

「そうだといいのですが。しかし、一人前になるには嫁を娶らねばなりません」

「もらわぬのですか」

「縁談をもってきてくださるお方がいらっしゃるのですが、どうも善太郎が乗り気になりませんで、いささか困っております」

「ひょっとして好いた女子でもおるのではござらんか」

「まさか」

善右衛門は軽くかぶりを振った。

「知らぬは親ばかりなりで、案外と善太郎にも」

「いや、あいつに限ってはそのようなことはないでしょう。それより、源太郎さまはどうなのです。そろそろ、お年頃でしょう」

「ええ、まあ」

源之助はつい口ごもってしまった。

「いかがなさいましたか」

「実は、縁談がまいったのです」

「それはよろしゅうございますな」

善右衛門は素直に喜んだ。目の前で、喜んでもらえるとつい源之助も口が滑らかになる。

「しかも、見合いは今日なのです」

「それは益々もって驚きました」

善右衛門までもが興奮しだした。

「いや、突然の話で善太郎には早すぎるとは思うのですが」

「そんなことはございませんよ。源太郎さまはご立派になられました。嫁を娶られるに何の不足もございません」

「そうでしょうか」

「そうですとも。これで、蔵間さまこそ楽隠居ではございませんか」

「いや、それは」

それは考えてもいなかった。そうだ。源太郎が嫁をもらい、見習いから一人前の同心になれば、自分とて隠居という立場になってもおかしくはない。

すると、それが現実となって胸に迫りふとした寂しさを覚えた。善右衛門は、

「蔵間さま、余計なことを申してすみません」

「いや、そんなことは」

「わたしとしたことが、つい」

善右衛門はもぐもぐと大福を食べた。食べ終えると、

「では、お邪魔しました」

「見合いのことはここだけの話にしてくだされ」

「承知しました。うまくいくことを祈っております」

善右衛門は言うと腰を上げ出て行った。一人になってみると、見合いの緊張と隠居することの寂しさが交錯して複雑な心境に駆られた。

# 第三章　見合い

## 一

「殺しがあったそうだ。京次《きょうじ》が知らせてきた」

新之助に言われ源太郎は目に緊張の色を帯びさせた。出仕早々のことである。しかもよりによって見合いの日とはいささか戸惑ってしまう。

が、そんな私情を御用には挟めないと気持ちを切り替えた。

「今度は何処ですか」

「薬研堀《やげんぼり》だ」

「行きましょう」

源太郎は勢いよく詰所を飛び出した。新之助も面食らうほどの張り切りようである。

二人は薬研堀までやって来た。薬種を粉砕する薬研に似た形をしていることから文字通り薬研堀と呼ばれる。亡骸は薬研堀の大川に沿った川端に横たわっていた。岡っ引の京次が待っていた。やさ男然とした男前だ。通称歌舞伎の京次の名が示すように元は中村座で役者修業をしていたが、性質《たち》の悪い客と喧嘩沙汰を起こし、役者をやめたのが十年前。源之助が取り調べに当たった。口達者で人当たりがよく、肝も座っている京次を気に入り岡っ引修業をさせ、手札を与えたのが五年前だ。京次は岡っ引の傍《かたわ》ら、常磐津《ときわず》の師匠をやっている女房のおかげで食いつないでいる。

「浪人ですね」

源太郎が言ったように亡骸は月代《さかやき》が伸び無精髭が顔を覆っている。着物も袴もよれている。浪人は額を割られていた。

「刀を抜いているな」

新之助は傍らに転がる刀に視線を落とした。

「してみると、刀を抜いてやり合ったということだろう」

「となると相手は侍でしょうか」

「そういうことになるな」

新之助は考え込んだ。

「浪人の素性を調べないといけませんね」

京次が言った。

「まずは、それだな」

新之助も応じる。

「わたしも、行います」

源太郎も進み出る。

「よし、手分けをするか」

大川に面して北は両国西広小路という江戸でも有数の盛り場であるだけに新之助と京次の二人が当たる。源太郎は薬研堀を中心とした一帯に聞き込みを行うことになった。

源太郎は薬研堀に足を踏み入れた。と、見かけた男がいる。矢作の岡っ引権助だ。権助は相変わらず目つきが悪く、人の嫌なところを探るような、嗅ぎまわるような態度で徘徊をしていた。

まさか、浪人殺しの聞き込みを行っているのだろうか。浪人殺しの現場に矢作の姿はなかった。俄然、興味が生じた。矢作のことも聞きたくなる。

権助は三軒長屋の玄関で女と立ち話をしている。くたびれた感じの女だ。どこか投げやりな態度で、肌に張りというものがない。おまけにうんざりしたような顔である。早く権助に去ってもらいたいようだ。

源太郎は天水桶《てんすいおけ》の横に潜み、二人のやり取りに耳をすませた。

「三杉《みすぎ》さん、斬られたんだぜ」

「知ってるさ」

源太郎の胸が高鳴った。明らかに二人は浪人殺しを話している。この女に聞けば浪人の素性ははっきりするだろう。

「ところで、先月分まだだぜ」

権助は蛇のように執念深い目で女をねめつけた。

「わかってますよ、でもね、本当に大した稼ぎはなかったんだから。昨日、渡したので勘弁してくださいな」

「そういうわけにはいかねえよ。あと二分《ぶ》出しな」

「勘弁してくださいな」

女は家に入ろうとした。それを権助は、

「おおっと、待ちな」

「ですから、勘弁してください」

「おれが勘弁してもな、矢作の旦那がお許しにはならねえぜ」

女は首をすくめ、

「旦那だっておわかりになってくださいますよ」

「あいにくだな。旦那からなんだよ。あと、二分取ってこいって」

「本当ですか」

「ああ、旦那もな何かと物入りらしいぜ」

「一分にまかりませんかね」

女は両手を合わせて拝むようにした。権助の目つきが厳しくなる。目に暗い光をたたえ、意地悪く女を睨んだ。そしておもむろに腰の十手を抜き、

「なんなら、溝《どぶ》さらいをしてやってもいいんだぜ」

権助は十手で女の頰を二度、三度叩いた。

「わかりましたよ」

女は観念したように呟くと着物の袂から巾着《きんちゃく》を取り出しじゃらじゃらと手探りをした。それを権助は奪い取り、

「貰っとくぜ」

二分金一枚に加えて一朱金を一枚を取り出す。

「ちょいと親分、二分ってことでしょ」

女は強い口調で抗《あらが》ったが、

「おれだって餓鬼の使いじゃねえんだ。手間賃くらい貰ったって罰は当たらないさ」

権助は踵《きびす》を返し足早に去って行った。女は格子戸を慌しく開け中に入ったと思ったらすぐに出て来て、

「この、厄病神」

と、怒りの形相凄まじく往来に塩を蒔《ま》いた。

権助は矢作の使いで女から金をせしめていた。女は恐らく夜鷹《よたか》だろう。溝さらいとは時折町方が行う夜鷹の摘発である。見せしめのために行うことが多い。

女は権助が去って行った方角に向かって舌を出し引っ込もうとした。それを、

「ちょっと待ってくれ」

源太郎は引き止める。女は嫌な顔をした。八丁堀同心のなりをしている源太郎に警戒と悪印象を抱いているようだ。無理もない。たかられているのだから。

「なんですよ」

女は不貞腐《ふてくさ》れたように石ころを蹴飛ばした。

「この近くで起きた浪人殺しについて話が訊きたいのだ。わたしは北町の蔵間と申す」

「三杉さんのことですか」

やはり、浪人のことを知っているようだ。女はお軽《かる》と名乗り、この辺りで春をひさいでいる夜鷹を束ねているという。

たかりではないのと源太郎の生《き》まじめな応対に安心したのか、お軽は幾分か表情を和らげた。

「この裏長屋に住んでいる浪人さんですよ。上州浪人で三杉正太郎《しようたろう》」

「何をして暮らしておったのだ」

「日雇いとか用心棒ですね。あたしらのことを守ってもくれましたよ。やくざ者の用心棒してることが多かったですけど」

「用心棒というと、こっちの腕は立ったのか」

源太郎は自らの刀の柄を右手で触った。お軽は首を傾げ、

「やっとうのことはあたしゃわかりませんよ。でも、やくざ者も一目《いちもく》置くほどでしたからね。それなりに腕が立ったんじゃござんせんか」

「雇い主を知っておるか」

源太郎は一朱金を握らせた。お軽はにんまりとして、

「川向こうに菩薩《ぼさつ》の勇太《ゆうた》って博徒の親分がいるんですよ。その親分の用心棒に雇われてましたよ。その時は実入りがいいらしくって寿司とか鰻とか土産を買って来てくれるんですよ。おおっと、もう、死んじまったんですね」

お軽はしんみりとした顔になった。

「三杉はどんな男だった」

「どんな男って言われましてもね、用心棒の仕事がない時は傘貼りをしたり、それもない時は昼頃まで寝ていて、昼間っからお酒を飲んでいらっしゃいましたよ。機嫌がいいと、気さくに話しかけてくれたりしましたね」

それからおもむろに、

「もういいですか」

と、家に入ろうとした。

「ちょっと待ってくれ」

「まだ何か」

「権助と話をしておっただろう」

振り返ったお軽の顔が険しくなった。

「嫌ですよ、聞いていらしたんですか。たかりですよ。よくあることです。南町の矢作の旦那ですよ。この辺りの溝さらいのねたを教えてくださる代わりに月に一両を渡すってことをしているんです。でも、先月は雨の日が多うございましたので、稼ぎが少なかったんですよ。それで、半分でご勘弁くださいってお願いしたんですがね」

「矢作殿は承諾しなかったのか」

「権助をよこしたんですよ」

お軽は権助と呼び捨てにした。まさしく蛇蝎《だかつ》の如く嫌っていることがわかる。

「そういうことか」

源太郎の胸に暗澹《あんたん》たるものが漂った。源之助が目撃した矢作の善行も薄れていく。

「三杉の旦那を斬った下手人、挙げてくださいね」

「ああ、任せておけ」

「頼みましたよ」

お軽は今度こそ家の中に入った。

## 二

源太郎は新之助と京次を探したが、その姿はない。

約束の時刻までまだ一時余りある。その間に両国橋を渡って菩薩の勇太の聞き込みを行おうと思った。

両国橋の上を通ると吹く風は向かい風となってすさまじく、よろけてしまいそうになる。それでも、まだ日は頭上にあり行き交う人の数は多い。風に逆らうように前屈みになって進み橋を渡り切った。大川のこちらも両国東広小路という盛り場を形成している。

とりあえず、矢場の娘に菩薩の勇太の所在を聞いた。勇太はこの辺りで有名人らしく、すぐに所在がわかった。回向院《えこういん》にいるという。どんな男だか容貌を聞く。

「五尺に満たない小柄な男ですけど、眼光鋭く岩のようにがっちりした男。背中にあだ名の由来である観音菩薩の彫り物をしている」

と、娘は言っていた。

源太郎は両国橋東広小路の盛り場を突っ切り、回向院に入った。

回向院は明暦三年（一六五七年）の大火、江戸中を火の海に呑み込んだ振袖火事の犠牲者十万八千人を供養する万人塚に始まる。以来、水死者や焼死者、さらには刑死者といった無縁仏を葬る。また、勧進相撲の興行が行われることでも知られている。

しばらく、回向院の境内を散策した。掛け茶屋を覗くと縁台に勇太らしき男が座っている。周りを二人のやくざ者が取り囲んでいた。

源太郎は足を踏み入れ勇太の前に立った。八丁堀同心のなりをしている源太郎にやくざ者は鋭い視線を送ってくる。勇太は源太郎を見上げながら、

「八丁堀の旦那ですか」

「北町の蔵間だ。菩薩の勇太だな」

勇太はうなずくと、

「三杉の旦那のことですかい」

次いで、二人のやくざ者に目配せをした。二人は無言で掛け茶屋を出て行った。源太郎は勇太の向かいの縁台に腰を下ろした。

「おまえの用心棒をやっていたそうだな」

「ええ、まあ」

勇太は隠しても仕方ないと思っているのかあっさりと認めた。

「下手人に心当たりはないか」

「ないですよ」

勇太はきっぱりと首を横に振る。

「三杉はおまえの用心棒であったのだろう。賭場で何か揉め事があったのではないか」

「そんなことございません」

「黙っているとためにならんぞ」

「そんなことおっしゃったって、ないものは答えようがございません」

勇太は短い足を組み、源太郎のことを歯牙《しが》にもかけていないかのような態度である。こみ上げる怒りに源太郎は、

「おのれ、舐めるか」

勇太は組んだ足を解こうともしない。

「そんなことおっしゃられてもねえ、知らないものを話すことなんてできるはずがございません」

「ならば聞く。三杉はいつから用心棒に雇っておる」

「二年くらいになりますかね」

「雇った経緯はどのようなものだ」

「三杉の旦那、食いつめてね、うちの若いのと両国橋の袂で喧嘩したんですよ。それで、まあ、うちのを叩きのめしてしまいましてね」

「おまえにとっては仇なのではないのか」

「あっしゃね、そんな度量の狭い男じゃござんせんや。三杉の旦那の腕に惚れ込みましてね、そんなに強いのなら、用心棒にうってつけだって思ったってわけで」

「で、それから用心棒として連れ歩いたというわけだな」

「いつもいつもじゃありませんや。言っときますけど、賭場のことは話しませんからね。ご迷惑をかける方々がいらっしゃいますんでね。賭場はやってるところを踏み込まないと摘発できねえですよね」

「言われなくたってわかっている。そういうところは義理堅いというわけか」

源太郎は皮肉を投げかけた。

「こちとら、義理と信用で生きているんですからね」

「ものは言いようだな。色と欲ではないのか」

「なんだか、あっしを悪の権化みたいに思っていらっしゃるようですね」

「権化とまでは思わないが、悪党であることに変わりはあるまい」

「ほう、こいつはいいや」

勇太は手を打った。源太郎が眉をひそめると、

「蔵間さまとおっしゃいましたね。お若いようですが、八丁堀の旦那になられてどれくれえ経ちやす」

これには源太郎は言葉を詰まらせた。見習いとは言い辛い。しかし、黙っていることは己が不正直であると言うようなもので、こんな悪党に嘘などつく気はない。

「見習いの身だ」

一瞬、勇太の目に確かな蔑《さげす》みの表情が浮かんだ。

「そうですかい。お若いのにしっかりしておられる。見習いでいらっしゃるのなら、おわかりないかもしれませんがね、町方の御用ってのは真っ正直ばっかりじゃ務まらねえもんですぜ。大店の旦那衆ばかりかおれたちみたいなやくざ者との付き合いも、時には必要ですよ」

「そんなことはおまえに言われなくてもわかっているさ」

源太郎とて、八丁堀同心の中には懇意の商人から付け届け、やくざ者から目こぼしの対価としての袖の下を貰っている者もいることは知っている。そうやって、市井《しせい》の事情に通じることが探索に役立つという側面を持つことも理解できる。だが、決して

いいものではない。

悪しき慣習であると思っている。

その奉行所の暗部を勇太はついてきたのだ。

「なら、おわかりでしょう。これでも、あっしらだって世間さまの多少の役には立っておりまさあ。世の中の欲の一旦を引き受けているんですよ。やりてえ人間がいるから賭場は成り立つ。やりてえのはやくざ者ばっかりじゃござんせんぜ。かたぎの衆だって、いや、かたぎの衆こそ、一旦はまり込んだら始末におえねえ。世の中に博打がなくなればどうなりますかね。素人の博打くれえ、危ないもんはないんですぜ」

勇太はおかしそうに肩を揺すって笑った。

源太郎が黙り込むと、

「それに、八丁堀の旦那だって、あっしらから袖の下を受け取っていなさる御方もいる」

そんなことは知っているとは源太郎の立場では言えない。

「それだけじゃござんせんや。性質の悪い旦那になりますとね、賭場に出入りする大事なお客のことをばらされたくなかったら、賭場の上がりの一割をよこせなんてむちゃくちゃなことを言ってくるのもいるんですよ」

「まさか」

唾棄《だき》すべき同心だ。本当だとすれば、許せない悪党である。十手を利用し私腹を肥やしているではないか。

「信じられませんか」

「信じられんな」

と言ったものの、本音は信じたくないということである。

「無理もねえ。あっしだって、町方の役人はここまで落ちたのかってね、我が耳を疑いましたよ」

「出任せ申すな」

信じたくない気持ちから声が上ずった。

「ま、お信じなさらないのはもっともだと思いますがね」

勇太はにんまりと思わせぶりな笑みを浮かべる。

「その同心の名前は」

「おや、それを知ってどうなさるんですか」

「事実かどうかを確かめる」

「見習いの身でですか」

「見習いかどうかなど関係ない」

源太郎は自分でもむきになったことがわかる。

「そうですかね」

勇太は小馬鹿にしたように鼻で笑った。

「申せ」

源太郎は身を乗り出した。

「ただってってわけにはいきませんや。こちとら、散々にむしられているんだから」

勇太は右手を差し出した。

「おのれ……。町方を愚弄するか」

「危ない橋を渡るんですすよ。その方の名前を出したなら、こっちの首まで危ないですからね。それに、旦那、北町ですね」

「そうだ」

「じゃあ、尚のこと言うわけにはいきませんね」

「南町ということか」

「まあ、いいじゃござんせんか」

勇太は横を向いた。

「申せ」

「北と南じゃ話がややこしくなるだけですよ。いい加減になすったらどうですか」

源太郎は舌打ちをした。

「まあ、よしたほうがいいですよ」

勇太は鼻歌を口ずさみ始めた。なおも問いを重ねようとした時、子分の一人が勇太の傍らに寄り、耳元で何事か囁いた。勇太の口から失笑が洩れた。

洩れてくる話はよく聞き取れなかったが、かすかに、「矢作の旦那」という言葉を聞いたような気がした。

勇太は縁台から腰を上げ、

「ちと、野暮用ができましたんでこれで失礼しますよ」

「待て」

呼び止めたが勇太は子分と足早に去って行った。

矢作の旦那とは、矢作兵庫助に違いない。すると、強欲な八丁堀の旦那とは矢作兵庫助のことなのだろうか。矢作は権助を使いにやり夜鷹から小遣いをせしめている。決して誉められたことではないが、八丁堀同心にはよく見られることである。

勇太が言っていた賭場の上前を撥ねることとはわけが違う。

今夕、その矢作と顔を合わせる。

しかも見合いの場で。

源太郎は激しく動揺した。

三

源太郎は約束の時刻を迎え、薬研堀に戻った。

新之助が、

「浪人の身元がわかった」

と、浪人が三杉正太郎であると話した。源太郎も己が成果を報告する。新之助も京次も感心したようにうなずくと新之助が、

「よくぞ、菩薩の勇太にまでたどり着いたものだな」

「偶々《たまたま》です。ついておったのです」

すると京次が、

「さすがは、蔵間の旦那の血筋だ」

「申したであろう、運が良かっただけだと」

実際、源太郎には誇る気はさらさらない。

「ともかく、菩薩の勇太、叩けば埃が出ることは間違いなかろう」

「違いございません」

この時、矢作のことは口に出せなかった。

「奴が根城としております両国一帯を探索し、賭場を摘発して……」

源太郎の頬が赤らみ興奮を隠し切れなくなった。

「おい、今日はもういい」

「まだ、日があります。もう一《ひと》がんばりします。まだ、夕七つでございます」

「無理するな」

新之助は諌める。

京次も思わせぶりに笑みをこぼし、

「今夕は大事な事があるんでしょ」

「なにを」

源太郎の声が裏返った。新之助も、

「今日は早めに帰って湯屋にでも行き、こざっぱりとするんだ」

「わたしは、普段通りのわたしを見せるだけでございます」

「また、そのようなことを申しおって」

新之助は困ったように京次を見る。

「普段通りなんてのは、夫婦になったら嫌でも普段通りなんですから、一生に一回くらい身なりを取り繕ってもいいですよ」

「京次の言う通りだ」

新之助は源太郎の肩をぽんぽんと叩いた。

「わかりました」

源太郎も口ごもりながらもそう返事をした。

「緒方さまからもな、くれぐれも早めに上げるようにと釘を刺されておるのだ」

「そうまで言われましては」

源太郎は口をもごもごとさせたが、そのまま引き下がることにした。

「では、失礼致します」

踵を返し家路についた源太郎の背中から、

「がんばれよ」

と、新之助、

「しっかり、おやりなさい」

と、京次も声をかけてくれた。

照れが先立ち脇目も振らずについ走り出した源太郎だったが、すぐに矢作兵庫助のことが脳裏を過《よぎ》る。果たして矢作と菩薩の勇太はどう関わるのだろうか。

自宅に戻った源之助は気もそぞろとなり、さかんに手鏡を覗き込んでは月代や髭の当たり具合を確かめていた。その様子を見て久恵もおかしそうにくすりと笑った。

「源太郎、遅いではないか」

源之助は自分の落ち着きのなさを取り繕うように渋面を作った。

「もうすぐ湯屋から戻ってまいりますとも」

「遅くなっては先方に失礼だ」

「大丈夫ですよ」

久恵が言った時に源太郎が戻って来た。源之助は今までの心配は何処へやら、そっぽを向いて知らん顔を決め込んだ。

源太郎は久恵が用意した着物に着替えた。源之助も仙台平《せんだいひら》の袴を穿く。自分の袴に折り目がきちんとついていることを確かめてからおもむろに、

「行くぞ」

「まだ、早くはございませんか」

久恵が抗うと、

「少しばかり早めに着いておくのが礼儀というものだ」

源之助は珍しく緊張している。

源太郎の表情も強張っていた。二人に対して久恵は落ち着いたものである。こういう時には母親というものはしっかりしたものだと源之助は改めて久恵の顔を見た。


源之助と源太郎、それに久恵は日本橋浮世小路にある料理屋百瀬にやって来た。すぐに奥の座敷に通された。

南町奉行所吟味方与力生方九郎兵衛が裃姿で待っていた。源之助が、

「本日はどうぞよろしくお願い申し上げます」

と、両手をつく。源太郎も久恵も丁寧に挨拶をした。生方は源太郎と久恵の顔を交互に見てから、

「うむ、やはり、母親似だ。よかったな」

その言葉に源之助は渋い顔になった。源太郎は無言で目を伏せる。

「まずは、座れ」

生方に言われ源之助、久恵、源太郎の順で座った。まだ、矢作の方は来ていない。

「おっつけ参るであろう」

生方はにこやかだ。

「まだ、暮れ六つには少々時がございます」

源之助は朗らかに返す。源太郎は矢作のことが胸にわだかまったが、見合いの席に着いてみると、自分に好意を寄せてくれているという美津のことで頭が一杯になった。

——どんな娘なのだろう——

期待に胸が疼く。

美人であろうか。

いや、あの鬼瓦のような矢作兵庫助の妹なのだ。容貌には期待しないことだ。となると、気立てはいいのだろうか。優しくて明るくて、もし、兄に似て気が強く男勝りであったなら。

そんなことを考えているうちについ頬が緩んでしまった。

本石町《ほんこくちょう》にある時の鐘が暮れ六つを告げた。自然と源太郎の表情も引き締まる。

「いよいよだな」

生方が満面の笑みをたたえた。

源之助も背筋を伸ばした。雪洞《ぼんぼり》に灯りが灯され、部屋の中が柔らかな光で満たされた。暮れ行く空には茜が残り、萌黄《もえぎ》色の空には月が薄く浮かんでいる。

それから、じりじりと時が経った。緊張で身体を硬くしていた源太郎であったが、次第に緊張が解けていった。生方も手持ち無沙汰となり、

「遅いのう」

と、そわそわしだした。

「矢作殿はお忙しいのでしょう」

源之助は生方の顔を立てるように言いつくろう。

「ですが、もう、四半時《じ》も過ぎております」

源太郎は焦れていた。遅れるなら遅れるで、連絡くらい寄越してもいいではないか。町方の御用を務めているのだから、遅れるだけの事情が生じたのだろう。遅刻を責めるつもりはない。

だが、一方的に待たせておくということには納得できない。明らかに自分のことを侮っているようで腹立たしくなった。それに加えて、矢作の行状が脳裏に浮かぶ。

夜鷹から小遣いをせびったり、菩薩の勇太の上前を撥ねたり、いや、菩薩の勇太の件は矢作と決まったわけではないが、どのみちよい印象を受けていない。そう思うと

無性に腹立たしく我慢の限界に達した。

「父上」

源太郎の声は震えている。

その唯ならぬ顔つきを見て源之助はあわてた。久恵が源太郎の袴を抑えた。だが、源太郎はそれを払い除けるように腰を浮かした。生方が困惑の表情を浮かべた時、廊下を足音が近づいて来た。

生方は表情を明るくして、

「来たな」

と、首を伸ばした。

障子の向こうで、

「遅くなりました」

と、娘の声がした。

源太郎は俯き身を硬くした。源之助も背筋をぴんと伸ばす。

「入るがよい」

生方が優しげに声をかける。

障子が開かれ衣擦れの音がした。娘が入って来て三つ指をついた。

「南町同心矢作兵庫助の妹、美津でございます。本日は遅くなりまして申し訳ございません」

美津は丁寧ながら実にしっかりとした声音であった。

源太郎の胸が高鳴った。

——あの夜の娘だ——

思わず娘の方を向いた。美津はまだ頭を垂れている。

「いけません」

久恵が見合い相手をじろじろと見る息子を諌める。源太郎はあわてて正面を向いた。

「さあ、美津殿、席に着くがよい」

生方に言われ美津は腰を上げると源太郎の正面に座った。そして、源太郎を見つめる。

美人ではない。

が、失望はしない。美人ではないが魅力に溢れていた。可愛らしく、そして、匂い立つような笑顔、限りのない温かみと朗らかさをたたえている。

「申し訳ございません、兄はまだ戻って来ないのです」

美津は仲人たる生方に詫びた。

# 四

「何か難しい御用に関わっておるのかな」

　生方は鷹揚に構えた。それから、

「ならば、始めると致そう。介添えたる矢作が来ないのは気がかりだが、見合いの当人同士はこうして席に着いたのであるからかまうまい」

　生方は続いて、蔵間家の人間を紹介した。源之助は頬を緩ませた。こんなよい娘が源太郎を好いてくれたのか。

　うれしい誤算である。

　そして喜ばしいことこの上ない。

　美津は源之助たちが紹介されるたびにはきはきと挨拶をした。それが、益々好印象に繋がる。

　座敷の中は美津によってすっかり明るくなった。まるで一足早く春が来たようである。

　生方が、

「源太郎だ」

と、にこやかに源太郎を紹介した。

源太郎はぼそっと挨拶をし、怒ったような顔になった。

「おい、もっと、愛想よくしろ」

源之助は肘で源太郎の脇腹をつつく。それでも源太郎は硬さが取れない。

「美津殿、どうぞ」

久恵が一人でいる美津に気遣いを見せた。美津はそつなくこなして蒔絵銚子を持ち、源之助に酌をした。源之助はおずおずと杯を差し出す。

「かたじけない」

あまり酒を好まない源之助であるが、美津の酌だと自然に口に運ぶことができた。

美津は続いて源太郎に蒔絵銚子を向けた。源太郎は無言で杯を出す。出した手が微妙に震え、蒔絵銚子が当たってカタカタと鳴った。

美津は思わせぶりな笑みを源太郎に送っているように思えた。あの夜のことを言っているようだ。それをこの場で蒸し返すわけにはいかない。

源太郎は反射的に、

「美津殿も一献」

と、蒔絵銚子を美津の手から取った。

「ああ、いえ」

美津は遠慮をしたが、

「よいではございませんか」

久恵に勧められ、

「では、一杯だけ」

と、源太郎の酌を受けた。

美津はすうっと飲み干した。

「兄上は南町では豪腕と評判されるお方とか」

源之助が聞いた。

「乱暴で怖い兄でございます」

美津は言った、それから、

「ですが、両親を亡くしてからわたしのことを育ててくれました。乱暴で、他人から
は怖がられている兄ですが、根は優しいのです」

言ってから美津はあわてて、

「申し訳ございません。勝手なことを申しました」

するとと久恵が、

「とてもよい兄上さまだということ、今の美津殿のお話でよくわかりました」

美津は頬を赤く染めた。その表情を見ただけで兄妹の絆が感じられた。

「遅いのは役目熱心だからかな」

生方が口を挟んだ。

「申し訳ございません。兄は御用になりますと夢中になってしまい他のことは考えられなくなってしまうのです」

「その方がいいかもしれん。矢作が来ない方がこの場、和《なご》やかでよいかもしれまいて」

生方は笑い声を上げた。

「まったくだ」

源太郎も小さく呟いてから今の言葉、美津に聞かれはしなかったかと危ぶんだ。幸い美津の耳には届かなかったようで、美津は楽しそうに語らっている。

久恵は饒舌だった。

日頃、控えめな久恵がこうもおしゃべりなのかと源之助は目を疑った。それだけ、美津のことが気に入ったのだろう。

気が早いが、嫁と姑で蔵間家は今までと違って賑やかな家になるのではと思ってしまう。そうなったらそうなったでいいのだが。

と、美津が、

「源太郎さまはお好きな食べ物は何でございますか」

源太郎は突然の問いかけに口ごもったが、

「豆腐です」

「奴豆腐ですか、湯豆腐ですか」

「どちらも好きです」

源太郎ははにかんだように答えると久恵が、

「ところで、美津殿は源太郎のどんな点に好意を抱かれたのですか」

これには源之助がどきっとした。聞きたくて仕方がなかったのだが、このような席で尋ねることを躊躇《ためら》っていたのだ。それを聞くとは久恵の度胸には感心してしまう。

やはり、母親は強いということか。

美津はしばらく黙り込んだ。いくら溌剌とした美津でも人前で男のどこが好きだとは言いにくいに違いない。

源太郎はそれ以上に緊張してしまい、押し黙ってしまった。

俯いていた美津が顔を上げ口を開こうとした時、廊下を大股で歩いて来る足音がした。その高らかとした足音は矢作の来着を思わせた。

案の定、

「失礼つかまつる」

と、障子越しに放った声はいかにもがさつでその遠慮のなさは矢作兵庫助に間違いがなかった。障子が開け放たれた。

入って来た矢作はまさしく御用からすっ飛んで来たという風体《ふうてい》だ。髷は曲がり、袷の襟元も乱れ、羽織の紐が千切れていた。生方の厳しい視線を受けながら、

「遅くなり申し訳ございません。ちと、厄介な御用が生じましたもので」

と、言いながら源之助の前にどっかと腰を下ろした。久恵は目元を厳しくした。生方は苦い顔をしたものの仲人という立場を考えたのだろう。

「これで揃ったな」

と、仕切り直しとばかりに言った。源之助は背筋を伸ばした。源太郎も威儀を正す。

矢作は真っ黒な顔に真っ白な歯を剝き出しにして、

「蔵間殿、まずは一献」

と、蒔絵銚子を持ち上げる。

「大変でござるな」

源之助は調子を合わせた。

「世の悪党ども、妹の見合いだからと申して待ってはくれませんからな」

矢作は豪快に笑い飛ばす。

座敷は和やかな雰囲気から一瞬にしてこの乱暴者の色に染められた。

「では、源太郎殿」

矢作は蒔絵銚子を源太郎に向けた。源太郎は挑むように杯を差し出した。それから矢作の酌を受け一息に飲み干す。矢作はそれを見てニヤリとし、

「よし」

と、今度は自分の杯を差し出した。源太郎が酌をする。それを矢作も飲み干す。すると、蒔絵銚子が空になった。

「お〜い」

矢作は大声を出す。

すぐに仲居が銚子の代わりを持って来たが、

「もっと大きな杯だ。いや、大杯を持ってまいれ」

矢作の言葉に美津が、

「兄上、いい加減になされませ」

「いいから、おまえは黙っていろ」

「でも、このような席で無礼ではございませんか」

「何が無礼なもんか。兄としてたった一人の妹の幸せを願うは当然のことだ。妹の幸せとはよき男の元へ嫁ぐということだ。嫁ぐにふさわしい男なのかどうか。見極めるのは当然ではないか」

「お酒で見極めるのですか」

「酒がよい。酒は裏切らん」

矢作の言葉に生方は困り顔をし、

「そうじゃ、この料理屋はな、庭が自慢なのじゃ。紅葉が見事に色づいておるぞ」

ところが矢作は上役の言葉に耳を貸す素振りも見せず、

「拙者、庭とか紅葉などには一向に興味ござらん」

まさしく傲岸不遜《ごうがんふそん》を絵に描いたような対応である。そんな矢作から挑まれている。

「わかりました。飲もうではありませんか」

源太郎も応じた。

「やめなさい」

久恵が横から口を挟んだが源之助は制した。男として勝負を挑まれ、源太郎は応じたのだ。ここで引いては男としての名折れだろう。

それに、源太郎は美津のことが気に入ったようだ。きっと、美津の前で恥をかくわけにはいかないという思いを強く抱いているに違いない。

やがて大杯が届けられた。

「さあ」

矢作は余裕たっぷりに言った。

「おう」

源太郎も負けじと肩を怒らせた。

# 第四章　矢作捕縛

## 一

なみなみと注がれた大杯を源太郎は両手で持ち大きく息を吸い込むと、やおら口へと運び目を瞑ってごくごくと飲んだ。

半分ほど一息に飲んだところで、口を離した。膳に大杯を置こうとしたが、矢作の視線に気がつき置こうとした大杯を再び持ち上げると口に運ぶ。

そして、つっかえつっかえになりながらも最後の一滴までも飲み干した。

「よし」

矢作はそれを見て満足そうにうなずく。

「源太郎、やるではないか」

生方は源之助に視線を向ける。源之助は複雑な表情を浮かべた。久恵ははらはらしている。美津は兄の行状を危ぶむように黙っていた。

「ならば」

矢作は大杯に酒を注ぐ。その姿はどこか楽しげだ。まさしく余裕たっぷりといった様子である。

「さてと」

矢作は舌舐めずりをすると右手だけで大杯を持ち、まさしく煽るようにして飲む。ごくごくと喉が鳴り、喉仏が小気味よく動く様子は見ていて気持ちがいいほどだ。

一息に飲み干したところで、

「美味い、御用の後の酒は実に美味い」

と、悠然と膳に置く。

「見事じゃ」

生方が思わず賞賛の声を送った。

「これは大したものだ」

源之助も賞賛をしたが久恵は圧倒されたように俯き美津も無言になった。源太郎は負けるものかという思いが生じたのだろう。大杯に勢いよく酒を注ぐ。ところが、気持ちの高ぶりと無理をして酒を飲んだための酔いが回っているためか酒が杯から飛び散った。

「酒の一滴は血の一滴だ。勿体ない真似をするな」

矢作の叱責が飛んだ。

「黙れ」

源太郎は怒気を含んだ声を発する。呂律が怪しくなって、目は充血して座っていた。久恵が止めに入ろうとしたが、源之助はそれを止める。

源太郎は上半身をぐらつかせながら大杯を両手で持ち、ぐびっと飲み始めた。途中、何度もつかえ、むせ返りながらもどうにか二杯めを飲み干すことができた。

「どうだ」

大杯を膳に置き、矢作の顔を見据える。矢作は余裕綽々といった具合に酒を注ぐとまたしても右手だけで大杯を飲み干した。今度はやや速度が落ちているが、それは飲めなくなったというよりも酒を味わっている様子だ。

それが証拠に矢作は飲み干すと、

「さすがは高級料理屋の酒だ。いくらでも入ってしまう」

源太郎はさらに大杯に酒を注ぐ。

座敷の中は沈黙が訪れ、源太郎の酒を注ぐ音ばかりが耳についた。最早、源太郎の顔は真っ青になっている。身体は揺れ、視線も定まらない様子だ。ただ、負けたくないという本能だけで酒を飲もうとしている。

源太郎は大杯を両手で持った。そして、口まで運んだ時に力尽きた。大杯をひっくり返し、ついには仰向けに倒れてしまった。

「源太郎、しっかりなさい」

久恵は声を荒げて源太郎に叱責を加えたが、非難の矛先が矢作にも向いていることは明らかだ。生方は困ったように顔をしかめ、一人黙々と箸を動かしていた。

「もう、負けか」

矢作は笑い悠然と酒を飲む。

「兄上、ひどいですわ」

美津は我慢できないように言った。嫌な空気が漂い、生方がどうしていいのかわからないように視線を彷徨《さまよ》わせた。源之助が丼に水を持って来させ源太郎を抱き起こす。

源太郎は薄目を開け口をもごもごとさせた。水を飲み、途中むせたと思うと、突然に部屋を飛び出した。縁側を這《は》い蹲《つくば》り、庭に身を乗り出す。久恵が介抱しようとした時、美津がいち早く源太郎の側にやって来た。

「申し訳ございません」

美津は源太郎の背中をさすった。

「かたじけない」

源太郎はそう返すのが精一杯である。

「蔵間殿」

矢作は源之助の顔を見た。源之助は無言で見返す。

「これから、昵懇《じっこん》に願いたい」

その表情からは傲慢さが消えている。矢作は両手をつき真摯な眼差しを向けてきた。

「よろしくお願い申す」

源之助は戸惑い返事に窮していると、

「今日は、思いもかけないことになった。見合いの結果は後日ということで」

生方が間に入った。

「情けなき倅で申し訳ござらん」

源之助は生方と矢作に頭を下げた。

矢作は何故か哀しげな顔をしていた。久恵は口を硬く引き結び、俯いている。

「ならば、これにて御免」

源之助は源太郎を引き立てた。美津が心配そうな顔で見送っていた。

明くる七日の朝、源之助が居間にやって来ると源太郎の姿はない。

「あいつ、起きられんのか」

源之助は苦笑混じりに言う。

「起こしてまいります」

久恵はいつになく不機嫌である。

「あの有様では起きられないのではないか」

「二日酔いで御用を休むなど許されるはずはございません」

久恵はよほど腹が立っているようだ。昨晩、家に戻ってから寝間でも久恵は口にこそ矢作に対する不満を出さなかったが、何度も寝返りを打ち眠れぬ夜を過ごしていた。

それが、源太郎が二日酔いで出仕できないとあっては腹立たしくて仕方ないに違いない。

久恵は居間から出ると源太郎の寝間に向かった。じきに、

「起きなさい」

と、いつになく厳しい声が聞こえる。

源太郎の苦しそうなうめき声が聞こえた。

「遅れますよ。なんですか、そのだらしのない態度は」

今日の久恵は容赦がない。しばらくして、

「申し訳ございません」

源太郎は朦朧《もうろう》とした顔で居間にやって来た。寝巻きの胸をはだけ、腫れぼったい目をしていかにも辛そうだ。

「顔を洗ってきなさい」

久恵に急き立てられるようにして源太郎は井戸端に向かった。身を切るような寒風が吹きすさんでいるが、それはかえって二日酔いの酔い覚ましには役立ちそうだ。

「まったく、だらしのない」

久恵は、矢作の挑発に乗り無様な姿を晒してしまった息子が歯がゆくて仕方がないようだ。源之助は無言で蕪《かぶら》の味噌汁を啜った。

「早くなさい、遅刻しますよ」

久恵は意地でも源太郎を出仕させるつもりのようだ。

それから源之助に向き、

「この縁談、旦那さまは承知なさるおつもりでございますか」

「源太郎の気持ち次第だ」

さすがに口を挟むことの遠慮を思ったのか久恵は口をつぐんだが、いかにも不満顔である。

「生方さまのお顔もある」

源之助は言い足す。

「もし、美津殿が源太郎の嫁になるとしますと、矢作家とは親戚付き合いをしなければならなくなります」

「そういうことだな」

「それでよろしいのですか」

「美津殿が嫁になれば親戚となるのだから当然であろう」

源之助の飄々《ひょうひょう》とした表情は久恵の怒りを増幅させたようだが、さすがに武家の妻としての慎みを思ったのだろう。それきり、口をつぐみ抗おうとはしなかった。

源之助は無言で朝餉を食し終えた。

「ならば、行ってまいる」

源之助は腰を上げ縁側に出た。源太郎は顔を洗い終えて朦朧とした顔のまま、

「行ってらっしゃいませ」

「大丈夫か」

「なんの平気でございます。あれしきの酒でどうなるものではございません」

源太郎は言ったそばからむかついたように顔を歪める。

「二日酔いは、時を経て直すしかない。ま、辛抱することだ」

源之助は言い置いて家を後にした。

## 二

出仕してからまずは与力生方九郎兵衛の所に挨拶に行かねばならないと思った。そのため、南町奉行所にやって来ると建屋に向かい与力用部屋を訪れた。素性を告げると抵抗なく通された。裃姿の与力たちが文机に向かって書き物をしたり、茶を飲んだり談笑をしたりしていた。生方は一番奥で難しそうな顔をしていた。

その表情を見れば、見合いの結果がよくないことを伺わせているようで源之助は口を利くのが不安になってしまった。

しばらく廊下で躊躇《ちゅうちょ》をしていると生方の方で源之助に気がついた。目と目が合い、源之助が挨拶をすると生方は目で廊下で話すことを伝えてきた。源之助はうなずくと生方を待ち構えた。

　生方は渋い顔をして出て来た。

「昨晩はお疲れさまでございました」

　源之助は頭を下げる。

「大変だったな」

　生方は苦い顔だ。

「源太郎め、とんだ失態をやりまして。みっともないところをお見せしてしまいました」

「そのことはよい」

　生方の物言いは素っ気ない。

「では、縁談は……」

　きっと、矢作の方から断りを入れて来たに違いない。案の定、

「この縁談、ないものとなった」

　生方の口調は乾いていた。

「源太郎の体《てい》たらく、矢作殿のお眼鏡に叶わなかったということでしょうか」

　生方の答えは源之助の想像を遥かに超えるものだった。

「矢作兵庫助、今朝方、南町奉行所に捕縛された」

「はあ……」

言っている意味がわからない。

「捕縛されたのだ」

生方はもう一度繰り返した。

「何か、喧嘩沙汰でも……」

矢作のことだ。酔った勢いで誰かと喧嘩騒ぎでも起こしたのではないか。

「昨夕、両国の博徒菩薩の勇太が殺された。その下手人としてだ」

「…………」

源之助は言葉を失った。

「まさかとは思うがな。まだ、わしも詳しくは知らん。同心どもの報告によると、勇太は回向院の裏手で斬られた。その現場近くを矢作がうろついているのが目撃されている。それから、現場に落ちていた羽織の紐が矢作のものであったそうだ」

「なんと」

「おまえも気がついていたであろう。見合いの席にやって来た矢作は確かに羽織の紐が切れていた」

「いかにもそうでございました」

「羽織の紐は決定的な証となる。評定の場で明らかとなるが、それまでは内聞にな」

　生方に釘を刺され源之助はうなずく。

「菩薩の勇太と矢作が一緒に歩いているところは何度も目撃されておる。賭場の上がりを掠めておったようだ。勇太とはその取り分を巡って揉めた末に手に掛けたという。勇太ばかりか、自分が勇太と関わっていることの口封じのため、勇太の子分火龍の伝吉、用心棒の三杉正太郎までも殺《あや》めた。ま、豪胆な男であったが、そういうことをしておったということだ」

　生方は深いため息を洩らした。

「はあ……」

　源之助は納得がいかない。確証はないが、矢作が人を殺しそのまま見合いの席にやって来たというのはいかにも変な気がする。ところが生方は頬を緩め、

「ま、なんだ。物は考えようだ。縁談が決まってから矢作は捕縛されなくてよかったのじゃ」

「どうもご迷惑をおかけしました」

　源之助は狐に摘まれたようにとりあえず頭を下げた。

生方は立ち去りかけたもののふと思い出したように、

「源太郎によしなに伝えてくれ。久恵殿にもな」

「かしこまりました」

源之助は踵を返した。

廊下を歩いて行くと風がやたらと襟に忍び込んでくる。

――おかしい――

きっと何かの間違いだ。

矢作兵庫助という男、いかにも乱暴で粗野だ。だが、美津も言っていたように心根は優しい男である。それは妹の身贔屓《みびいき》などでは決してない。

なにより、あの診療院で目撃したことが矢作の真の姿を物語っていると思う。それが、賭場の取り分を巡っての揉め事の末、博徒を殺した、しかも三人も殺したとはどうも納得できない。


もやもやとしつつ北町奉行所に戻った。居眠り番の土蔵に戻ってしばらくしてから、

「父上、入ります」

源太郎が入って来た。

酔いが覚め、両眼は引き攣っている。矢作のことを聞いたようだ。

「落ち着け」

源之助は茶を淹れた。

源太郎は息を荒げていたが茶を飲んでから、

「矢作殿が」

と、語り始めたものの興奮することはなはだしく舌がもつれて言葉になっていない。

「茶を飲め」

源之助の茶を勧められ、一口飲むと源太郎はいくぶんか表情を和《やわ》らげ、

「まことなのでしょうか」

「詳細を知らぬゆえ、迂闊なことは申せんが、状況は矢作殿の仕業であることを示しておるとか」

源太郎は黙り込んだ。その表情は深刻なものである。

「実は、牧村さまとの探索におきまして、菩薩の勇太のことを調べておったのでございます」

と、一連の探索を語った。

「すると、回向院の境内で勇太は矢作殿と会うかもしれぬということを予分と話して

おったのだな」

「さようでございます。となると、やはり、矢作殿の仕業なのでしょうか」

「そうは思えぬ」

源之助は呟くように言った。

「何故でございますか」

「わからん。しいて申せば勘だな」

「父上は矢作殿を気に入られたようでございますね」

「あの男は悪人ではない。悪ぶっているだけだ」

「そうでしょうか」

「美津殿を見ればわかるではないか」

源太郎の頬が赤らんだ。

「美津殿のどこでわかるのですか」

「賢さ、人柄とそれは素晴らしい娘だ」

「それが矢作殿のお陰だと申されるのですか」

「矢作の家は早くに二親《ふたおや》を亡くした。矢作殿が親代わりとなってご訓育されたのだ。性根の悪い男に育てられてはあのような娘にはならんな」

「そうでしょうか。鳶《とんび》が鷹とも、親がなくとも子は育つ、などとも申します」

「おまえは、矢作殿に反感を抱いておるようだな」

「そのようなことはございません」

源太郎とていくら恥をかかされたとはいえ、矢作の捕縛を喜んでいるわけではない。

「いずれにしても、不憫なのは美津殿だ」

源太郎も美津のことを思ったのだろう。一気に顔を曇らせた。

「今頃、どうしておられるのでしょう」

源太郎はどうにも気になって仕方がない。

「ともかく、矢作殿が濡れ衣であることを願うばかりだ」

「そうだとよいのですが……」

源太郎は思いつめたような顔になった。

「おまえ、妙な考えを起こすのではないぞ」

「起こしません」

源太郎は首を横に振った。

「しかと相違ないな」

源之助は念のために釘を刺す。

「正直申しまして、矢作殿の一件、わたし自身の手で探索をし直したいと思っております。しかし、いかんせん、南町のこと。わたくしの手に余ります。情けないことですが」

「うむ、それでよい」

源之助は慰めるように言った。

「では、父上、失礼致します」

源太郎は踵を返した。

「ううん」

源之助は思わずうめいた。

これからどうすべきか。

――いかん――

源太郎に釘を刺しておいて自分が探索の虫を疼かせている。

ふと、書棚から矢作の名簿を取り出した。この名簿、破棄することになるのだろうか。源之助はいつまでも名簿に視線を落としていた。

源太郎は牧村と町廻りに出た。

北町奉行所を出てすぐにある呉服橋を並んで歩きながら、

「実は見合い相手なのですが」

「おお、そうだ、それを聞かないとな。うまくいったんだろ。大分飲んでおるではないか」

「匂いますか」

「ああ、ぷんぷんだ。だが、今日は勘弁してやるよ。ま、それだけ飲んだということは見合いがうまくいった証だ」

源太郎の見合い相手を知らないとあって新之助の表情も言葉も平穏そのものである。

「見合い相手、南町の矢作兵庫助殿の妹御であったのです」

「なんだと」

新之助の足が止まった。

「冗談ではありません」

「それは、それは」

新之助もどう言っていいかわからないようだ。

「わたしがどうのこうのはできないのですが、美津殿のことが気になって仕方ございません。ですから、様子を見に行きたいのです」

「いいだろう。行ってくるがよい。但し、無用の口出しはならんぞ」

「承知しました」

源太郎は走り出した。

「あわてるな」

背中に新之助の忠告を聞いたが源太郎の耳には届かなかった。

三

源太郎は八丁堀の矢作屋敷にやって来た。一定の距離を置いて屋敷の中を見る。木戸門と母屋の玄関は十字に竹を組んである。

人気《ひとけ》はない。

美津の姿を探し求めたがいそうにはなかった。木戸を見ていると、あの夜に介抱してくれた美津の姿が思い出される。

「感傷に浸っておる場合か」

源太郎は首を横に振った。美津は何処へ行ったのだろう。兄が罪人となれば、累は美津にも及ぶ。矢作は八丁堀同心。末端の役人ながら幕臣である。その裁きは評定所にて行われる。

切腹が申し渡されるか、罪人のように打ち首となるかはわからないが、吟味は武士としての扱いを受けるに違いない。いずれにしても沙汰が下されれば美津も無事ではすまないのだ。

源太郎は己の無力さ加減を味わいながら虚しく屋敷を後にした。


夕暮れとなり、源之助は家路についた。

ふと、吉庵のことが思い出された。吉庵と矢作はずいぶんと親しげであった。そう思うと京橋の袂にある吉庵の診療所へと足を向けた。

吉庵の診療所は相変わらず繁盛していた。源之助は板敷きに上がりしばらく待つことにした。やがて源之助の順番になった。

吉庵は源之助のことを覚えていた。

「まだ、腰が痛むかな」

「腰はもう大丈夫です。今日、まいりましたのは腰痛のことではござらん。矢作殿のことです」

吉庵は視線を彷徨《さまよ》わせた。それから、

「では、申し訳ないが、患者の治療がすんでからにしていただけませぬか。その方が落ち着いて話もできる」

「さようですな」

源之助は板敷きの隅に座った。吉庵は手際よく治療を進めていき、三人残っていた患者を半時ほどで治療を終えた。それから源之助に向き、

「では」

と、威儀を正した。

源之助は吉庵と向かい合った。

「南町の矢作殿ですが」

「存じております」

吉庵は静かに答えた。それから、

「矢作が手札を与えております権助という岡っ引が報せに来たのでな。まったく、信じられんな」

吉庵は苦々しげに呟く。

「先生は矢作殿のことをよくご存じなご様子ですな」

「かれこれ、十年くらいの付き合いになるかな」

吉庵は懐かしそうに目を細めた。

「差し支えなかったらお話しくださいませんか」

吉庵はふうと息を吐いてからおもむろに語りだした。

十年前、矢作は捕物で足の骨を折った。その際に担ぎ込まれたのが吉庵の診療所だった。

「乱暴な男でな。それからも、無茶なことをしては怪我をして、そのたびにわしの診療所にやって来るようになった。まあ、そんな具合に五年ほどは医者と患者という関係であった。それが、五年前のこと」

吉庵は路上で馬に蹴られた少女を助けようとした。馬上の侍はそのまま知らん顔をした。吉庵は怒り馬から侍を引き摺り下ろして肩の骨を外した。侍は旗本だった。

吉庵は処罰されそうになったが、矢作が侍の弱味を握って脅し、訴えを取り下げさせた。

「あの男、やり方は乱暴だが弱き者の味方をするという美点があるとわしは思った。それからじゃ、腹を割っての付き合いが始まったのはな」

「いかにも矢作殿らしいですな」

「矢作の方もわしのことを気に入ってくれたようで、それから、何かと助けてくれるようになった」

矢作は何くれとなく銭を持って来るようになったという。

「わしはどうも丼勘定でな、こう言ってはなんだが、貧乏人からは銭は取らんというのが方針だ。矢作に言わせれば、甘っちょろいということになるのだが、なに、矢作だって甘いさ。そんなわしを見かねて銭を工面してくれるのだからな。やれ、御奉行から褒美が出た、やれ、商人から袖の下が入った、やれ、やくざ者を脅してやったなどと言ってな。そう言って銭を持って来てくれるようになった。乱暴なのはあいつ特有の照れというものでな。まことは心根の優しい男だ」

いつしか吉庵の目は涙で光っていた。

「これはいかん、みっともないところをお見せしたかな」

「そんなことはござらん。矢作兵庫助という男がよくわかりました」

「誤解されがちな男であるからな。今回のことだって、あ奴の仕業とは思えない。矢作が人を殺すとは思えぬ。三人も手にかけたというではないか。きっと、罠にかけられたんだ」

「先生が矢作を信じたい気持ちはわかります。ですが、状況は矢作が殺したことを物語っておるのです。矢作は菩薩の勇太か勇太が主催する賭場のことを何か申しておりませんでしたか」

　源之助は静かに問うた。

　吉庵はしばらく慎重に思案を巡らせていたが、

「そういえばこんなことを言っておったな。あれは確か三日前の夕暮れじゃった。診療所が閉まってから矢作が徳利を掲げてやって来た。わしも嫌いではない。ここで酒盛りをしておったが、ふと矢作は賭場の摘発をしようとしておるようなことを申しおった。なんとしても摘発してやるが、敵もさるもの、なかなかに手強い、などと、珍しく矢作が弱音を吐いた。怖いもの知らず、強気一辺倒の男がそんなことを言うのでおやっと心配になった」

「菩薩の勇太がそんなに手強い敵ということでござるか」

「その辺のところはわからん。矢作もそれ以上は話さなかったし、わしも町方の御用について立ち入るのはよくないと思ったからな」

　源之助は思案をした。すると、

「それからこんなことも言っていたな。いや、言っていたというよりは愚痴だったが、世の中は腐っている。やくざ者の上前《うわまえ》をはね、私腹を肥やしている連中がいる。腐っておるってな」

「そのようなことを……」

　すると吉庵は舌打ちをして、

「わしがもう少し親身になって聞いてやればよかったのかもしれん。今更、何を言ってもせんないことだがな」

　吉庵はしみじみと言った。

「お邪魔しました」

　源之助は腰を上げた。

　吉庵は名残惜しそうに、

「蔵間殿、矢作の濡れ衣を晴らしてはくださらぬか」

「………」

　源之助は無言で見返す。

「無茶な願いなのはわかる。矢作が無実であるという根拠もない。だが、わしはどうしても矢作が人を殺したとは思えん」

　吉庵は弱々しく首を横に振った。

「そうは申されても、わたしにその権限はなし」

「じゃが、蔵間殿は練達の同心」

「恥ずかしい話ですが、わたしは両御組姓名掛という閑職にある身です。練達とはおよそ正反対でござるよ」

「そんなことはない。わしは矢作から聞いておった。北町の蔵間源之助殿、まさしく町方同心の鑑《かがみ》のようなお方だと」

「それは矢作殿の買いかぶりと申すものです」

「そうではあるまい」

　吉庵は強く首を横に振った。

「買いかぶりでござる」

　源之助はかぶりを振った。

「めったに人を誉めぬ矢作だ。いや、そもそも矢作が人を誉めるのを聞いたこともない。その矢作が貴殿のことは誉めた。よおく覚えておる」

　あまりの誉められように源之助は尻がむず痒くなったが、

「それはかたじけないが、わたしにはどうすることもできません」

　源之助は申し訳なさで胸が一杯になった。

「どうあってもでござるか」

「一件は評定所に上がっておるのです」

「そこをなんとか」

吉庵はすがるように言った。どちらかといえば人生を達観したかのような男が形振《なり》り構わず訴えかけるその姿は、吉庵の矢作への思いを強く感じさせた。しかし、情に流されて引き受けるには余りに重い御用だ。

「それはできかねる」

そう振り絞り出すように口に出した。

「では、どうしてわしを尋ねてまいったのじゃ」

吉庵は責めるような口調になった。

「矢作兵庫助という男に興味を抱いたからです」

「ただ、それだけなのか」

「今は……」

「わしは悔しくてならん」

吉庵の嘆きに胸をかきむしられながら源之助は診療所を後にした。

# 四

表に出たところで視界の端にちらりと人影が映った。右斜めにある天水桶の陰だ。源之助は素知らぬ顔で通り過ぎたところで、さっと振り返った。紫の御高祖《おこそ》頭巾を被った女がいた。

「美津殿」

源之助は静かに問いかける。

美津はゆっくりと頭を下げた。

「こんな所で何をしておられる」

美津は無言である。明朗活発な美津と別人だ。無理もない。兄が殺しのとがで捕縛されたのだから。

美津はゆっくりと、

「親戚の家を抜け出してまいりました」

「何故……」

源之助は問いかけておきながらその答えは美津ではなく源之助自身が、

「矢作殿の濡れ衣を晴らさんとしておいでか」

美津が力強くうなずいた。聡明な美津の顔は憂鬱の影が差した。

「そうなのだな」

「兄は絶対に殺しなどしておりません」

「その証はござるのか」

「証はございません。それゆえ、証を探そうと思うのでございます」

「そのようなこと……」

諫めようと思っても美津は納得するはずはなかろう。

「兄は、それは人から誤解を受けやすい人柄でございます。乱暴で気性の荒いところがございました。でも、弱き者の味方、町方の御用を行う者はそうでなくてはならない。そのことを貫いておったのです」

美津の言い方は切々としたものがあった。

「きっと兄上の濡れ衣は晴れる。評定所において吟味が進めば必ずや無実が明らかとなろう」

「蔵間さま、そのような慰めを申されますか」

美津の言い方は辛辣《しんらつ》だ。

「そんなつもりで申したのではない」

「兄は申しておりました。北町の蔵間さまこそが町方同心の鑑だと」

吉庵と同様のことを矢作は妹にも言っていたということか。

「わたしは、どうしても兄の無実を晴らします」

「そのようなことをしてはただではすみませんぞ」

「それは覚悟の上です」

「はやまった真似はなさらぬことだ」

「はやまった真似ではございません」

「いや、美津殿は頭に血が上っている」

美津は俯いていたがきっと顔を上げ、

「いかにも、わたしは取り乱しております。気が狂っておるのかもしれません。ですが、これが落ち着いていられましょうか。黙っていられましょうか」

美津は身体を震わせた。

源之助は慰めの言葉も落ち着かせることもできなかった。

「今更、帰る家はございません。わたしはたとえこの身に代えましても兄の無実を晴らしとうございます」

美津はじっと源之助を見つめた。源之助は美津の視線を、その強い決意に裏打ちされた瞳を正面から受け止めた。こうなっては致し方ない。

「わかりました。その役目、わたしが行いましょう」

美津は戸惑いに睫《まつげ》毛を揺らす。

「実を申すとわたし自身、今回の一件、矢作殿の仕業ではないという気がしてならなかったのです。いかにも矢作殿の仕業であることの証が揃い過ぎております。まるで図ったように」

「では、兄は……」

「矢作殿は罠に嵌《は》められたのです」

「わたしもそう思います。兄上はこのところうなされることがあったのでございます。悪い夢を見ているようでした。わたしには決して夢のことも、御用のことも申されたことはございませんが」

「豪胆な矢作殿が夢にうなされるとはいかにも気になる」

「蔵間さまは兄上の無実を信じてくださるのですね」

「信じます。証はござらんが信じます。これはわたしが永年に亘《わた》って務めてきた八丁堀同心としての勘です。しかと、無実を明らかにしましょう」

「ありがとうございます」

美津は深々と頭を下げた。

「礼は矢作殿がお解き放ちになった時に申してくだされ」

源之助は笑顔を見せた。

それからおもむろに、

「しかし、この先、美津殿はどうされる」

「親戚の家には戻れません。迷惑をかけるだけですから。何処かの旅籠《はたご》にでも逗留致します」

源之助はほとんど反射的に、

「ならば、わたしについて来られよ」

「はあ」

美津は躊躇《ためら》いを示した。

「ご迷惑はおかけできません」

「さすがに、わが屋敷というわけにはまいりません。同じ八丁堀では嫌でも目立ってしまいますからな」

「では、どちらに」

「わたしが信頼を寄せておる所です」

源之助は言うと歩き出した。

美津は源之助を信用するようにうなずくと静々と歩き始めた。


源之助は神田小柳町にある宗方彦次郎の道場へとやって来た。もう、親戚の子供はいないはずだ。稽古が終わり道場内は静まり返っている。母屋の玄関に向かい、

「御免、蔵間でござる」

と、声を放った。

すぐに彦次郎の、「上がれ」という声が返された。

源之助は美津を促し廊下を奥に進む。美津もついて来た。居間には彦次郎と亜紀が待っていた。二人とも美津に気がつき怪訝《けげん》な目を向けてきた。源之助が妙齢の娘を連れて来たとあって、二人の関係に想像を巡らせているのだろう。源之助に娘はいないことは二人とも承知している。

源之助は美津と共に座り、

「こちらは美津殿と申されて、南町の同心矢作兵庫助殿の妹御だ」

美津も、

「美津と申します」

彦次郎と亜紀は挨拶を返したものの源之助の意図が読めず怪訝な顔のままだ。

源之助は勢いで美津の願いを受け止め、ここへ連れて来てしまった。頭の中で連れて来た事情を整理しなければならない。

「まず、美津殿との関係であるが、倅の見合い相手だ」

彦次郎と亜紀は顔を見合せた。見合い相手を連れて来たということがかえって事情をわかりづらくしたようだ。

「それがな、美津殿の兄兵庫助殿は今朝殺しの疑いをかけられて捕縛された。しかし、美津殿は兄上の無実を信じておられる。むろんわたしもだ。矢作兵庫助殿は人を殺める男ではない。わたしは美津殿の願いを受け入れ矢作殿の無実を晴らすつもりだ。そこでだ」

源之助はここで空咳をした。

彦次郎は前に進み出て、

「匿《かくま》えと言うのだな」

「そういうことだ」

彦次郎は亜紀を見た。亜紀も承知したように首を縦に振る。

「おまえらしいな」

彦次郎は破顔した。

亜紀は美津に、

「ご覧の通り剣術道場でむさ苦しい所ですが、どうぞ、遠慮なくご逗留ください」

「ありがとうございます」

美津が挨拶をしたところで、

「美津殿、ここで待ってくだされ。一歩も外に出るなとは申さぬが、大人しくしておってくだされ。矢作殿の評定は五日後、それまでになんとしても真の下手人を暴きたてます」

「お願い申し上げます」

するとと彦次郎が、

「蔵間はまことやると言ったらやる男、事情は深くはわかりませんが、信頼して任せておかれよ」

「わたくしも蔵間さまをそのようなお方と思っております」

「影御用ということか」

彦次郎は言った。

「思いもかけずにな」

源之助は居眠り番になってからも正規の御用以外のいわば影御用というものを担ってきた。

それが、かつて鬼同心として名を馳せた頃の血のたぎりを思い出させる。己に刺激を与えることにもなるし、何よりそれが生活に潤いを与えてくれる。

つくづく八丁堀同心という職務に取り付かれた男である。

# 第五章　執念の日誌

## 一

源之助は美津を宗方道場に預けてから自宅に戻った。

居間に入ると久恵も源太郎も表情が暗い。その原因が矢作の捕縛にあることは明白だ。久恵が、

「矢作さまのこと聞きました」

矢作の乱暴ぶりに不快感を抱いていた久恵だが、さすがに心配の色を隠せないでいる。

源之助は思案をまとめようと一旦は口をつぐむ。

「美津殿はいかがされたのでしょう」

源太郎は矢作の屋敷を訪ねたことを話した。

「おまえ、矢作殿の屋敷の所在を存じておるのか」

源之助の突っ込みに源太郎はどぎまぎとしたが、

「偶々、行き逢ったことがあったのです」

と、深酒で泥酔して介抱してもらったことを話した。久恵は顔をしかめたが、今はそのことを非難すべき時ではないと思っているのだろう。口を閉ざしていた。

「美津殿は親戚の所に身を寄せておられる」

たとえ源太郎にも宗方道場に預けたことは言えない。いや、源太郎なればこそ、そのことは伏せておかねばならない。源太郎のことだ。美津の力になりたいと行動を起こすかもしれない。

「親戚とはどちらさまでしょう」

「そこまでは知らん」

「父上ならば、おわかりになると存じます。両御組姓名掛にある名簿を見れば一目瞭然と存じますが」

「それを知って何とする」

「尋ねたいと存じます」

「馬鹿を申せ」

「いけませぬか」

「当たり前ではないか。兄上は評定所で裁きを待つ身の上なのだ。それを尋ねて行けばどういうことになる。美津殿にも親戚にも迷惑が及ぶのだ」

「それはわかっております」

「わかっておるのならそのようなことを申すではない」

源太郎は悔しげに唇を噛む。

「ここは、矢作殿の無実を信じ、祈っておれ」

「わたしはもどかしゅうございます」

源太郎はそう言い置くと居間から出て行った。源太郎がいなくなってから、

「あの子、美津殿のことがよほど愛《いと》おしいのでしょうね」

久恵はぽつりと言った。

「惚れおったか」

「悲恋に終わるのでしょうか」

「時が解決するであろうて」

「そうでしょうか」

「日々、忙しく御用を行っているうちに、どのような心の痛手であれ癒されるであろう」

源之助の言葉を久恵は嚙み締めるように黙っていた。

翌八日の朝、源之助は両国西広小路にほど近い米沢町一丁目にある和菓子屋大和屋が地主となっている長屋に岡っ引権助を訪ねた。

権助はその長屋の大家をやっているという。もっとも、店賃《たなちん》の回収や店子の面倒見といった大家としての職務は女房任せらしい。

「御免」

長屋の木戸に近い二階建長屋が権助の住まいだった。

「なんでえ」

権助は伝法な物言いをしながら表に出て来た。八丁堀同心のなりをしている源之助をおやっとした顔で見つめていたが、

「南町じゃお見かけしませんね。北町の旦那ですかい」

「北町の蔵間源之助と申す」

権助の表情が一変した。

「蔵間の旦那……」

「わたしを知っておるのか」

「お噂はかねがね。…………。定町廻りから外れたって聞きましたけど」

権助は媚《こび》を売るように手を揉んだ。

「いかにも、今は居眠り番の閑職にある身だ。今日はおまえにどうしても訊きたいことがあってまいった」

権助はそれだけで矢作のことだと了解したようで、

「では、外でお話をしましょうか」

と、どてらを着込み木戸に向かって歩いて行く。

「土手で話しましょうか。いや、土手は寒うござんすかね」

「わたしは構わんぞ」

「なら」

権助は言いながら柳原土手に向かった。二人は柳原土手に至るまで無言である。

土手に上がると枯れ柳の木陰に身を寄せる。権助には構わないと言ったものの、やはり風は強い。眼下に神田川を行き交う荷船の船頭の声も寒さに震えていた。

「矢作の旦那のことですね」

権助は白い息を吐きながら訊いてきた。

「いかにも」

「とんだことになっちまったもんだ」

「実は矢作殿の妹御とわたしの倅が見合いをした」

権助は二度、三度うなずいたがじきに顔を曇らせた。

「おまえは矢作殿が勇太を殺したと思っておるのか」

「冗談じゃござんせんや」

権助は大きくかぶりを振る。

「濡れ衣と思うのだな」

「ええ、まあ」

権助は渋い表情を浮かべた。

「矢作殿はやくざ者、確か火龍の伝吉殺しを追っておったそうだな」

「菩薩の勇太の手下ですよ。矢作の旦那は勇太の仕業に違いないって狙いをつけていたんですよ」

「勇太といえば、勇太の所の用心棒も殺された。相当な腕であったというが、どうなのだろうな」

「それは」

権助は曖昧に言葉を濁した。

「おまえ、心当たりがあるのか」

「大方、勇太にやられたんじゃござんせんかね」

「勇太は自分で自分の用心棒を殺したということか」

「都合が悪くなったんじゃござんせんかね。矢作の旦那に相当に追い詰められていましたからね」

「それで、都合の悪い連中を消したということか」

「そうなんじゃござんせんか」

「おまえ、矢作殿から聞いていなかったのか」

「詳しくは聞いてませんや」

権助は石ころを蹴飛ばした。

「矢作殿の岡っ引になって何年になる」

「一年です」

「意外に短いな。それまでは何をやっていたんだ」

「南町の別の旦那の岡っ引をしてましたよ。飯尾《いいお》瓢助《ひょうすけ》さまです」

「飯尾殿、ああ、一昨年の暮れに病で亡くなられたな。それで、矢作殿の岡っ引になったということか」

「そういうことで」

「矢作殿はどうであった。仕えやすかったか」

「馬が合うって言ったら、矢作の旦那に失礼ですけど、お仕えしやすい旦那でございましたよ」

「南町の同僚から豪腕とか強引とか評判を立てられ、煙たがられていたようだがな」

「あっしは嫌じゃござんせんでしたね」

権助の視線をしっかりと受け止め、

「ならば、矢作殿の濡れ衣を晴らしたいであろう」

「ですがね」

権助は乗り気ではない。

「なんだ、晴らしたいとは思わぬのか」

「思いますよ、でもね、今更、どうにもなりませんや」

権助は石ころを拾い上げると神田川に向かって投げた。水面を石ころが滑るようにして飛んでいった。

「わたしは晴らそうと思う」

権助は源之助をまじまじと見つめた。

「正気ですか」

「ああ、本気だとも」

「こいつは驚いた。北町にこの人ありとは聞いてましたが、そこまで矢作の旦那に肩入れなさるとは……。いくら、息子さんの見合い相手が矢作の旦那の妹であったとしても、とてもできることじゃねえや。蔵間さまは噂通り骨のあるお方ですね」

「手助けをしてくれぬか。矢作殿の行動を知りたいのだ」

「そら、旦那のお気持ちはわかりますがね、あっしも命が惜しいですからね」

「大袈裟だな。探索をすると命が危うくなるのか」

「評定所の裁きを待つお方の無実を晴らすなんて、御上に逆らうことじゃござんせんか」

「それは、そうだがな」

「蔵間の旦那だって、そんなことをなすって無事じゃすみませんよ」

「それは覚悟の上だ」

源之助は気持ちに僅かの揺らぎもないことを示すように胸を張った。

「本物だ。旦那、本物の八丁堀同心ですよ」

「おまえは本物の岡っ引ではないのか」

「あっしゃ、贋物とは言わねえが、十手も返そうと思っているんですよ。ま、こっちがそう思わなくたって、矢作さまのお沙汰が決まったら自然と取り上げられるでしょうけど、もう岡っ引稼業から足を洗いますよ。大家に専念して余生を楽しみまさあ」

権助は手で無精髭の伸びた顎をさすった。

「ならば、無理には頼むまい」

源之助はくるりと背中を向けた。そのまま立ち去ろうとしたが、

「ああ、そうだ、旦那」

権助に呼び止められた。

二

権助の奴、考え直してくれたのかと思って振り返ると、

「お妹さん、美津さまはどうしておられますか」

権助でも美津のことは心配らしい。だが、ここで美津の所在を言うわけにはいかな

い。


「親戚の家におられるそうだ」

「そうですか」

「どうした、気になるか」

「不憫だなと思いましてね」

不憫に思うのなら一緒に矢作の濡れ衣を晴らそうではないかと誘いたかったが、

「なら、あっしはこれで」

権助は急ぎ足で土手を駆け下りて行った。

「さてと……」

当てが外れた。

手がかりはない。菩薩の勇太一味は勇太や用心棒、それに右腕であった火龍の伝吉の死によって散り散りになってしまったらしい。

「こうなったら、本人を訪ねるか」

今、矢作は小伝馬町の牢屋敷に収監されている。そこへ尋ねて行こう。

源之助は小伝馬町の牢屋敷にやって来た。

これまでに何度も来ている。従って顔見知りの同心もいた。源之助は多少の心づけを渡すと穿鑿《せんさく》所に通された。

待つことしばし、矢作が現れた。この寒いのに地味な木綿の単衣だけという見ているだけでこっちが凍えそうな格好だ。

矢作は無精髭と月代が薄っすらと伸びているせいか幾分かやつれて見える。だが、口を開けばいつもの矢作だった。

牢屋敷の同心が一人同席をした。

「わざわざ、会いに来てくれたのですか。縁談、とんだことになりましてすみません」

矢作は殊勝な顔で頭を下げた。

「そのことはよい。それよりも、こたびのこと、おまえの仕業なのか」

源之助は短刀直入に聞いた。横で同心がはらはらとしている。

「いいえ」

矢作はきっぱりと首を横に振った。

「それだけ聞けばよい」

「蔵間殿、信じてくださるのですか」

「信ずる」

「そいつはうれしい。みな、おれが悪徳同心だ。賭場の分け前のもつれで殺したと思っているからな」

「おまえのことを信じている者はおるさ」

「そんな物好きがいるかね」

「美津殿さ」

「美津……」

さすがに妹の身が案じられたのだろう。矢作の顔に影が差した。

「そればかりじゃないぞ。源太郎も家内もだ」

「そら、信じるというよりおれに同情しているんじゃないか」

「そんなことはないさ。それに、針の吉庵先生もな」

「あの飲んだくれ医者か」

矢作はおかしそうに笑った。

「ともかく、評定の場では正々堂々と自分の無実を訴えることだ」

「そうするさ」

「おまえのことだ。たとえ、評定の場だろうと臆することはなかろうがな」

「ま、この首、いつまで胴に繋がっているかわからないけどな」

矢作は自分の首をさすった。

「おまえは、首を刎《は》ねられても死ぬような男じゃないさ」

「それじゃおれは化物だな」

矢作は声を上げて笑った。

さすがに脇に控える同心が苦い表情となった。今この場で自分が矢作の無実を晴らす動きをしていることは言えない。矢作に詳しく話を聞くこともできない。

せっかく来たのに探索についての成果がないとは無駄足《むだあし》である。いや、無駄足とは言えない。

矢作の口からはっきりと自分は無実だと聞くことができた。その一言で確信した。

自分の探索、影御用に微塵の揺らぎも感じることはなくなった。

「ならば、達者でな。いや、達者というのはおかしいか。だが、身体はいとわないとな」

「すまない」

「美津殿に言付けることはないか」

「元気でおると伝えてくだされ」

「承知、他に何かあったら」

「わが屋敷どうなったのかな。柿の木が気になる。渋柿が落ちてみっともなくなっているんじゃないか。それが気がかりだ」

「ほう」

意外な気がした。矢作にすれば柿の木には特別な思い入れがあるのかもしれない。

「屋敷を通りかかった時に見ておこう」

「あつかましいお願いだが、柿が落ちていたら掃除をしておいてくれませぬか」

「そんなに気になるのなら、この後でも寄ってみる」

「かたじけない」

「気にするな。どうせ、暇だ」

源之助は明るく言うと腰を上げた。矢作はいつになく真剣な顔で、

「蔵間殿、美津を頼みます」

まさしくたった一人の妹を気遣う兄の姿があった。

源之助は無言で挨拶を返すと踵を返した。


牢屋敷を出た。

木枯らしに包まれ、襟足から寒さが忍び込んでくる。

「庭の柿の木か」

矢作の言葉を頭の中で反芻《はんすう》する。何か引っかかる。気になって仕方がない。

「あっ」

思わず源之助の口から驚きの声が上がった。

見合いの席での光景がまざまざと蘇った。あの時、生方が矢作に紅葉が美しいと庭を見ることを誘った。

ところが、矢作は庭木には関心がないと見ようとはしなかった。

その矢作が自宅の柿の木を殊さらに気にかけている。自分が殺しの疑いをかけられ、評定の場に引き出されようとしているにもかかわらず、だ。急に庭のことが気になったのでも、自宅が懐かしくなったわけでもあるまい。

ということは……。

そこに何かがあるのだ。源之助に探してもらいたい物があるのではないか。そんな気がしてならない。

矢作は捕縛されることを予想していたのかもしれない。それで、何かを隠した。

「それに違いない」

源之助はそう確信した。となると、こうしてはいられない。

八丁堀に足を向ける。急がねば。と、ここで腰が痛みだした。顔をしかめてしまう。急ぎ足で歩くことはできない。

肝心な時にと焦っても仕方がない。腰になるべく負担がかからないように騙し騙し歩いて行く。寒風がさらに腰痛を感じさせた。空はどんよりと曇っているが、源之助には一筋の光明が差してきたような気がした。


八丁堀の組屋敷にやって来た。

矢作の屋敷は木戸門が閉ざされ誰も立ち入ることができないようにしてある。黒板塀越しに見上げると確かに柿の木がある。実は熟していた。

あの柿の木の根元に違いない。

柿の木の枝は板塀から往来に枝を伸ばしている。枝にうまい具合いに取り付けば庭に入れそうだ。

「よし」

飛び上がる。

と、

「痛い」

たちまちにして腰に痛みが走った。

駄目だ。とてものこと枝にぶら下がって庭に降り立つことなどできない。しかし、庭に降りないことにはどうにもならない。

かと言って、腰痛が治るまで延期するわけにはいかない。吉庵の診療所で針を打ってもらおうか。そうしておいて、痛みを和らげてから再びやってみよう。

そう思うと、吉庵の診療所に向かった。


ところが、不運は重なるもので吉庵は急な患者が出たということで出かけた後だった。こうなってはどうしようもない。

「さて」

源之助は腕を組んで思案をした。

「そうだ」

京次を頼ろう。仕方があるまい。京次なら自分よりも遥かに身軽である。岡っ引だけあって探索はお手の物だ。

そう思うと神田に足を向ける。打開策が浮かんだせいか幾分か痛みが和らいだようだ。だが、油断大敵である。

源之助はあくまで慎重な足取りで京次の家へと向かった。

三

神田三河町の京次の家にやって来た。

「上がるぞ」

源之助は格子戸を開ける。

「いらっしゃい」

三味線を弾いていた京次の女房お峰《みね》が挨拶を送ってきた。

「京次、いるか」

「今、湯屋へ行ってますから、おっつけ戻りますよ。お上がりになってお待ちください」

「なら、上がらせてもらうか」

源之助は腰を庇いながら玄関を上がった。すぐにお峰がそれに気がつき、

「おや、どうしたんです。腰を痛めましたか」

「剣術道場でな」

源之助が顔をしかめると、

「無理をなさるからですよ」

お峰は言いながら茶と人形焼を用意してくれた。

「いつまでも若いと思っていたらいかんな」

源之助は苦笑いを浮かべる。

「そうですよ、無理はいけません。のんびりと三味線でも弾いてらしたらいいんです。どうです。始めませんか」

「どうせ、長続きしないさ」

源之助は居眠り番に左遷された直後、無聊《ぶりょう》を慰めようとお峰に三味線を習ったことがあった。しかし、源之助自身が言ったように長くは続かなかった。

「蔵間さまはまだ血がたぎるのでしょうね」

「どうかな」

源之助は人形焼を食べた。あんこがたっぷりと詰まっていて、口中はしっかりとした甘味で一杯になった。そう言えば、今日は昼飯を食べていなかった。人形焼を食べたことで空腹感が湧いてきた。

そこへ京次が戻って来た。

「こら、旦那、ようこそお越しで」

京次はにこやかに上がって来た。だが、その笑いの中にも目に厳しさをたたえている。源之助の来訪を影御用と察しているようだ。

それが証拠に、

「人形焼、おれにも買って来てくれよ」

お峰も心得たもので、

「あいよ」

と、素直に出て行った。お峰の姿を目で追いながら、

「影御用ですかい」

「矢作兵庫助の濡れ衣を晴らす」

京次は一瞬も躊躇《ためら》うことなく、

「わかりました。あっしでできることでしたらお手伝いしますぜ」

「実は頼みがあってやって来た」

「そうこなくちゃ」

京次はうれしそうである。

「ならば、お峰が戻って来てから出かけるぞ」

「承知しました」

京次はここで源之助が腰をもぞもぞと動かしていることに気がついた。

「腰ですかい」

「そうだ」

源之助は顔をしかめる。

「ま、あっしに任せてくだせえ」

京次は大した張り切りようだ。


源之助は京次を伴い矢作の屋敷に戻って来た。既に日は西の空に大きく傾き、辺りは薄ぼんやりとした光景が広がっている。烏の鳴き声がいかにも日暮れの寂寥感を増幅させる。

「あの柿の木ですかい」

「そうだ。おそらく、根元に何かが埋めてあるはずだ。すまんがそれを見つけ出してくれ」

「任せてください」

京次は言うや、身軽な動作で往来に枝を伸ばしている柿の木に取り付いた。と思うと滑るような動きで柿の木を伝い黒い板塀の向こうに消えた。さすがは、役者修業をしていただけあって京次の動きは敏捷である。安心して見ていられた。

天水桶に寄りかかり京次が戻って来るのを待つことにした。

と、背後で殺気がする。

振り返ると手拭いで顔を被ったいかにもやくざ者といった連中が五人立っている。

「なんだ」

源之助は言いながら大刀が抜けるように間合いを計った。

「手を引け」

真ん中の男が言った。

「矢作の一件から手を引けというのか」

「手を引きな」

やくざ者は凄んだ。そうなるとかえって闘争心を掻き立てられる源之助だ。

「引かなければ命を奪うか」

源之助は轟然と言い放った。やくざ者は一斉に匕首を抜いた。源之助は鯉口《こいぐち》を切り、抜刀する。

しかし、速やかにはいかない。腰のことが頭にあり、現にこの時も痛みが走っているためいつもの動きはできない。だが、危機は目前に迫っているのだ。

「野郎」

右からやくざ者が突っ込んで来た。

源之助は右手一本で払うようにした。やくざ者は匕首を落とした。

続いて二人が左右から攻めて来た。

源之助は右足を前に乗り出し、大刀を振り下ろす。

しかし、鋭い痛みが走り切っ先が鈍る。それでも、二人のやくざ者は恐れをなし、後方に後じさりをした。

「しゃらくせえ」

声をかけてきたやくざ者が長脇差を抜いて振り回してきた。源之助はかろうじて受け止めることができた。しかし、男の力は凄まじく思わず息を吐くほどだ。

腰の痛みをこらえつつ源之助は相手を圧倒した。相手の身体が離れたところで、

「てえい！」

腰痛を跳ね除けるような気合いを入れ、大刀を大上段から袈裟懸けに振り下ろした。

「ひえ」

男は悲鳴を上げたと思うと、帯がばっさりと切れた。同時に袷がはだけ、虎の彫り物が見えた。

相手は尚もひるむことなく長脇差を振り回す。源之助の額に脂汗が滲んだ。

その時、

「何しやがる」

頭上で京次の声がした。京次は柿の木の上から叫んでいる。

やくざ者は泡を食い、

「逃げろ」

と、虎の彫り物の男が声を発しそそくさと逃げ去った。源之助はがっくりと往来にひざまずいた。

「大丈夫ですかい」

京次は柿の木から飛び降り源之助の横に立った。

「大丈夫だ」

言いながら腰を上げる。思わず顔をしかめてしまう。

京次は右手に帳面を持っていた。それに源之助が視線をやると、

「これ、柿の木の根元に埋めてありました」

「でかした」

手を伸ばしてまたも顔をしかめる。

「無理なすっちゃいけませんや。これからお宅に送りますよ」

源之助は京次の手助けでどうにか腰を上げた。

「京橋の診療所に行く」

源之助は帳面を懐に入れた。

「そんなに効くんですか」

「ああ、間違いない」

「なら」

「よい」

京次は背中を向けおぶされというような姿勢を取ったが、
源之助も意地がある。

「遠慮なさらねえでくださいよ」

「遠慮ではない、男の沽券《こけん》だ。立って歩けるのにおぶわれてたまるか」

源之助は腰痛と闘いながらも歩いた。

「まったく、蔵間さまらしいや」

京次も源之助の顔を立てるように言うと脇を歩いた。

「あいつら何者でしょうね」

京次は思い出したように言う。

「菩薩の勇太の配下の連中だろう」

源之助は虎の彫り物をしている男がいたことを話した。

「だとすると、連中が蔵間さまの命を狙ったってのはどういうことなんでしょうね」

「その答えはこの帳面の中にあるかもしれんな」

源之助は大事そうに懐を撫でた。

京次によろめく身体を支えられながら源之助はどうにか京橋の吉庵の診療所に辿り着いた。

既に大戸は閉まっているが吉庵は外から戻って来ているかもしれない。

京次が、

「すんません」

と、大戸を叩く。源之助は顔をしかめながら立ち尽くした。

「うるさいぞ」

幸い吉庵はいた。

大戸が開けられ、

「おお、蔵間殿か」

吉庵は源之助の表情を見てすぐに腰痛の悪化を悟ったようで、

「そっと入られよ」

と、中に入れてくれた。

源之助は一歩ずつ慎重に歩き京次に支えられながら小上がりの板敷きに上がると、
畳の上にうつ伏せになる。

吉庵が笑みをこぼし、

「無理をしたのであろう」

「ほんの少々」

「無理というのは少しだけするものではないぞ」

吉庵は言いながら診療を始めた。源之助の目が細まっていく。

「少し、辛抱なされ」

吉庵は言った。

「うう」

源之助は脂汗を滲ませた。

しばらく診療が続けられた。ずいぶんと楽になった。

「すまぬ」

源之助は着物を身に付けた。

四

それから、おもむろに源之助は矢作の残した帳面を広げた。日誌である。

それは矢作が菩薩の勇太を摘発すべく探索を行った成果が書き記されてあった。

それによると、勇太の賭場を支える金主として浅草並木町の老舗履物問屋弁天屋と記されてあった。次いで、賭場として深川の光琳寺、本所回向院裏の妙生寺とある。特に光琳寺は七月から十月までに八回催されていた。妙生寺の方は今月の一日に一回である。

こうした探索の成果を矢作は日誌にしたためてあった。どうやら、奉行所には提出せず、あくまで個人的に記していたようである。同僚や上役にも見せなかったということは、よほど内密にしていたに違いない。

源之助は矢作捕縛に黒いものを感じた。

ひょっとして、南町奉行所内に矢作が恐れる敵がいるのではないか。

となると……。

源之助は日誌を握り締め、背筋に冷たいものを感じた。

「どうした」

吉庵が訊いてきた。

いかにも気になる様子である。ここは、吉庵であろうと内容は話せない。

「中味はご勘弁くだされ、だが、わたしは矢作兵庫助の無実を明らかにする覚悟です」

源之助の並々ならぬ決意に、

「やってくださるか」

吉庵は頬を火照《ほて》らせた。

「及ばずながら力を尽くすつもりでござる」

「さすがは蔵間殿じゃ、矢作の目に狂いはなかったようじゃな」

「その評価は矢作の濡れ衣を晴らしてからにしていただきましょう」

吉庵はうれしそうに頬を緩める。

「夜分、恐れ入った」

「腰が痛くなったらいつでもまいられよ。せめて、わしにできることはそれくらいじゃ」

「かたじけない」

源之助は腰を上げた。ずいぶんと楽になっている。思わず両足を相撲取りのように四股《しこ》を踏んでしまった。

「では」

源之助は診療費を払った。吉庵は受け取ろうとしなかったが、無理に吉庵の懐にねじ込んでから診療所を後にした。

「また、おまえを巻き込んでしまったな」

源之助は京次に語りかける。

「なんです、今更」

京次は照れたように返す。

「いや、矢作も真の敵を摑んではいない。おそらくは大きな力を持つ者だ。賭場を提供している深川の光琳寺に妙生寺、金主となっている商人、それから勇太一味の残党を追っていかねばならない」

「へい」

京次は力強く返事をする。

「ならば、明日から探索に赴《おもむ》こう」

「わかりました」

それから京次はニヤリとした。

「どうした」

「蔵間さま、生き生きなすっておられますね」

「そうか」

「全身の血がたぎっているようですよ。なら、帰りますか」

「わたしは帰る前にもう一軒立ち寄るとする」

「こら、大した張り切りようだ。でも、吉庵先生もおっしゃってたじゃござんせんか。無理なすっちゃいけませんぜ」

「無理せずば、矢作の無実は晴らすことはできん」

京次が引き止める間もなく、源之助は歩き出した。

「ちょっと待ってください。何処に行かれるんですよ」

「杵屋殿のところだ、金主である浅草並木町の履物問屋弁天屋について尋ねる」

「なるほど、行動が素早い」

「行くぞ」

源之助は軽やかに歩き始めた。


日本橋長谷川町の杵屋にやって来た。既に店は閉じられている。裏手に回って木戸を潜る。母屋の玄関で訪《おと》ないを入れた。すぐに、善右衛門が現れ居間に通された。

「夜分、畏れ入ります」

「遠慮なさらないでください。それより、源太郎さまの縁談……」

善右衛門はいぶかしんだ。

「そうなのです、駄目になりました」

源之助も困ったように顔をしかめる。

「本日はそのことと」

善右衛門は深刻な表情で源之助と京次の顔を交互に見た。

「詳しいことは申せませぬが、矢作兵庫助の濡れ衣を晴らすつもりです」

善右衛門は立ち入ったことは聞かずうなずいた。

「ついては、善右衛門殿にちと助けていただきたいことがあります」

「わたしでできることでしたら何なりと」

善右衛門は目に緊張を走らせた。

「浅草並木町の履物問屋弁天屋についてご存じのことをお聞かせください」

「弁天屋さん……。主人は宗五郎《そうごろう》さんですな。このところご発展の様子ですが、少々、お待ちください。善太郎を呼びます」

善右衛門は奥に立った。

「何かわかればいいんですがね」

京次が言う。

源之助も期待の籠った顔をした。やがて、善右衛門は善太郎を連れて戻って来た。善太郎の顔が艶めいているのは湯屋から帰ったところのようだ。

「弁天屋さんのことをお知りになりたいとか」

善太郎が問うてきた。

「そうだ。なんでもいい、評判を聞かせてくれ」

「そうですね」

善太郎は困ったように顔をしかめた。

「どうしたんだ」

それを見て善右衛門が善太郎を促す。

「いえ、それが」

善太郎が言うには主宗五郎はこのところ病がちだという。

「それで、若旦那の安太郎《やすたろう》さんが店の切り盛りをなすっているんですよ。安太郎さんは以前、博打にはまって御奉行所できつい咎めを受けたんです。今は心を入れ替えて商いの精進をなすっているんですがね」

ここで善太郎は、「わたしみたいですね」と自嘲気味な笑みを浮かべた。それから気を取り直したように、

「その安太郎さんなんですがね、こんなことを言うのは大変に失礼なことなんですが」

善太郎は躊躇うように言いよどんだ。だが、

「ここだけの話だ。人、一人の命がかかっておる」

源之助に言われ善太郎はうなずくと、

「安太郎さんは、わたしたち履物問屋の仲間内ではとても人柄が素直でやさしいと評判なのですが、その反面……」

善太郎はここで言葉を止めた。

「商いは下手だってこってすかい」

京次が善太郎の言いづらいのを見越して言葉を補った。

「まあ、そういうことなのです」

「でも、旦那のお話じゃ、近頃、とみにご発展ってことじゃないですか」

京次はちらっと善右衛門を見る。善右衛門も怪訝な表情を浮かべた。

「そのことが、あたしたちも不思議なんですよ。大口のお客を摑んだりなすってね。こら、安太郎さん、商いに目覚めたんじゃないかって噂をしていたんですがね」

「番頭はどうなのだ。番頭が腕利きなのではないか」

源之助が訊いた。

善太郎は首を捻っていたが、

「番頭さんはそれは温厚なお方で、弁天屋さんに四十年に亘って奉公なすっておられます。忠義一筋のお方です。ですが、まあ、はっきり申しまして、新規にお客さまを獲得するには不向きと申しますか」

「弁天屋が急速に発展していることに寄与しているとは思えないということだな」

「そういうことで」

「ということは、やはり安太郎の頑張りが弁天屋を発展させているということか」

「そういうことではと思うのですが」

「発展の理由は何だろうな」

「仲間内の寄り合いでそんなことが話題になったのです。ところが、安太郎さんははっきりとは答えず、のらりくらりと曖昧に言葉を濁すばかりでした」

「こら何かありそうですね」

京次が言う。

「他にはないか」

源之助は善太郎に視線を戻した。

「安太郎さん、めっきりと誘いに乗らなくなりましたね。以前でしたが、寄り合いの流れで遊びに行ったりしていたんですが、それをぴしゃりと断るようになりまして」

「商いに精進ということか」

源之助が言うと、

「あっしが探ってみますよ」

京次は身を乗り出した。

「そうだな、何かありそうだ」

源之助のただならない様子に、

「何か弁天屋さん、怪しいことがあるのですか」

「わからん」

「ならば、わたしも気をつけてみます」

「頼む」

善太郎は源之助に頼られたことがうれしいのかにっこりした。

# 第六章　賭博の温床

## 一

明くる九日の朝、源之助は居眠り番に出仕した。腰痛がかなり楽になったのと、矢作探索を本格化させるのとで気が張っていることもあり、全身に力がみなぎっている。

京次には履物問屋弁天屋の線からの探索を任せることにした。こちらは、賭場を開帳していた寺、それから勇太配下の残党を追うことにしたい。

そう思って腰を上げたところ、

「御免くだせえ」

と、聞き覚えのある声がした。引き戸を見ると弱々しい冬の朝日が短い人影を引かせている。朝日が逆光となって黒い影となったその男は、矢作の岡っ引の権助である。

権助は辞を低くして入って来た。

「お忙しいところすみません」

権助は殊勝に頭を下げた。

「見ての通り暇な部署だ。何せ、居眠り番と揶揄されているくらいだからな」

源之助は声を上げて笑った。権助は笑うことを無礼と思っているのかじっと黙り込んでいる。

「なんだ」

源之助は権助のために茶を淹れようとしたが権助は遠慮し、

「蔵間さま、あっしを使ってくだせえ」

と、頭を下げた。

「使ってくれとは矢作の濡れ衣を晴らす手助けをしたいというのだな」

「そういうこって」

権助は弱々しくうなずいた。

「それはありがたい。おまえも矢作の無実を信じているということだな」

「そら、あっしは濡れ衣と思っておりますよ」

「よくぞ、申し出てくれた」

源之助は頰を綻ばせた。

「大して役には立たねえかもしれませんが、よろしく頼みます」

権助は目つきの悪い目を精一杯柔らかにした。

「言っておくが、褒美は期待できんぞ」

権助は大きく手を横に振り、

「そんなものいりませんや」

「矢作の無実が晴れればそれでいいというのか」

「そういうこって」

「昨日は断ったのにどうした風の吹き回しだ、あ、いや、疑っているわけではないぞ。御奉行所には内緒で動かねばならん。是非とも腹の内が知りたいところだ」

権助は神妙な顔になり、

「もちろん、矢作の旦那への忠義心が第一ですが、あっしはそんな忠義だけで動くような玉じゃござんせん。真っ黒けの悪党じゃござんせんが、元はやくざ者ですからね」

へへへと権助は肩をそびやかした。

「どういうことだ」

「十手ってのを持ちますとね、こいつが堪えられねえんですよ。夜鷹連中を脅して小銭をせびったり、岡場所の男衆とつるんでいい女を回してもらったりと、十手にものを言わせて多少の悪さができます。いけねえことですがね」

「岡っ引のままでいたいということか」

「そうです。ここらで一働きをすれば、もし、矢作の旦那が死罪になっても、どなたかが岡っ引として雇ってくださるんじゃねかってすけべ心を抱いたってわけでさあ」

いつもの源之助なら直《ただ》ちに追い返すところだ。こんな性根の腐った男が十手を持っているから岡っ引の評判が悪いのだ。十手を使って己が私腹を肥やそうとしている許せない手合いである。

だが、今はそんなことは言っていられない。この男を使うことが矢作の濡れ衣を晴らすことに繋がるのだ。

毒を以って毒を制する、である。

それに、権助の本音を聞かれただけでもよしとしておこう。

「いけませんか」

権助は媚《こび》を売るように上目遣いになった。

「誉められた考えではないが、まあ、ともかく矢作の無実を晴らしたいという目的はわたしと同じということだな」

「そういうこって」

権助は手を揉んだ。

「ならば、早速出かけるぞ」

源之助は腰を上げた。

「へい、お供します」

権助も立つ。

「ならば、矢作殿が勇太探索に当たっていた道筋を辿ろうではないか」

「わかりました」

権助は勇んだ。


源之助と権助は両国橋東広小路にやって来た。大川を挟んで両国西広小路と共に江戸有数の盛り場である。

「賭場を開帳していたのは回向院の裏手にある妙生寺ということではないか」

権助は驚きの顔で、

「こいつは驚いた。何時《いつ》の間にお調べになったんですか」

「まあ、それはよいではないか」

源之助とて、立ち入り禁止の矢作屋敷に潜入したことは言いたくない。その辺のことは曖昧に言葉を濁した。

「さすがは、鬼同心と評判の蔵間さまだ。こいつはのっけから感心しましたよ」

権助は言いながら両国橋東広小路の雑踏を縫うようにして歩いて行く。源之助も後に続いた。

妙生寺は思ったよりも小ぢんまりとした寺であった。

山門脇の白壁は所々剝がれ落ち、本堂の屋根瓦や板壁も破損している。

「こんな寂しい寺で勇太は賭場を開いていたのか」

境内は落ち葉が散乱し、それが木枯らしに舞っている。掃除も行き届いていないところを見ると、僧侶も少ないのだろう。境内を見回し、

「どこでやっていたんだ」

「本堂でさあ」

勇太はみすぼらしい本堂を見た。風が観音扉をかたかたと揺らしている。

「住職は庫裏《くり》か」

「今頃、飲んだくれていますよ」

「なんだと」

源之助は庫裏を見た。

「間違いありません。飲んだくれてますぜ」

権助はもう一度言うとおかしそうに笑った。

「覗いてみるか」

「合点です」

権助はすたすたと歩き出した。源之助も後に続く。権助は格子戸を開けようと手をかける。ぎしぎしと軋《きし》む嫌な音を立てるものの戸はなかなか開かない。

「ったく」

権助は舌打ちをし、

「せいのっと」

勢いをつけてから思い切り力を込める。顔を真っ赤にした権助の奮闘により引き戸はやっとのことで開いた。

「めんどうかけやがって」

権助は毒づいてから、

「和尚、いるか」

と、大きな声を張り上げた。しばらくしてもう一度、

「和尚、いるんだろ！」

権助に怒鳴られ、

「うるさいぞ」

と、大きな声が返された。権助はにんまりとし、

「上がりますぜ」

と、雪駄を脱ぐ。源之助も雪駄を脱いだものの上がり框から続く廊下は埃が目立つ。思わず顔をしかめ足袋を脱ぎ懐中に入れた。権助はというとはなっから裸足である。

「和尚」

呼びかけながら権助は奥に向かった。源之助も歩く。足の裏に冷んやりとした冷気とざらざらとした気持ちの悪い感触が伝わった。ここが寺なのかというと違和感がする。もっとも、賭場に提供していたのなら、そのすさみようは理解もできたが、それにしてもひどい。

居間、というか居間らしき部屋に僧侶がいた。といっても、頭こそ丸めているが無精髭が顔を覆い、まとう墨染めの衣はぼろぼろだ。畳は縁がすり切れていた。そんな部屋の真ん中でどっかとあぐらをかいて五合徳利をあおっている姿は破戒坊主そのも

のだった。

「なんだ」

僧侶は呂律が怪しくなった口調で権助に言葉を投げると源之助を見た。僧侶の名は確か妙心《みょうしん》といったはずだ。

「妙心殿でござるな」

源之助が声をかけると僧侶は目をぱちぱちとしばたたき、次いで目をこすり、

「そうじゃ」

権助が持参の安い五合徳利を頭上に掲げ、

「まあ、機嫌直してくんな、こら、こちらの蔵間の旦那からの土産だ」

「蔵間……」

妙心は眉根を寄せた。

「北町の蔵間と申します」

源之助は一応丁寧な言葉遣いをした。

「せっかくのお心使いですから、これは頂戴しよう」

妙心は機嫌をよくした。

「お酒が好きなようですな」

「酒、まあ、百薬の長ですからな」

妙心はがははと高笑いをした。

二

妙心は五合徳利に口をつけ一口飲んでから、

「権助、おまえ、矢作殿がお縄になったんで、早速新しい同心殿に取り入ったのか」

「そうじゃねえよ。おらあ、蔵間さまと一緒に矢作の旦那の濡れ衣を晴らそうとしているんだぜ」

権助は腕まくりをした。妙心は鼻で笑い、

「おまえがそんな玉か。銭にしか目がないだろうに」

「和尚だって酒じゃないか」

「まあ、それは言える」

妙心は何がおかしいのか、それとも笑い上戸《じょうご》なのか、またしても笑い声を立てた。

妙心がひとしきり笑い終えたところで、

「妙心殿、この寺、菩薩の勇太に賭場として提供をしたことがあるな」

源之助はずばり切り込んだ。

「あった」

妙心はあっさり認めた。それから、目が座り、

「これは取り調べか。言っとくが、腐っても貧乏でもここはれっきとした浄土宗の寺だ。おまえら町方の差配が及ばんのだぞ」

源之助はいかつい顔を精一杯に綻ばせて、

「何も妙心殿をお縄にしようというのではござらん。わたしは権助も申したように、矢作殿の濡れ衣を晴らしたいのです。それゆえ、菩薩の勇太と用心棒、右腕殺しの真の下手人を挙げるべく奮闘をしておるのです。ですから、探索に協力をくだされ」

妙心はちらりと権助を見る。

「な、おれの言った通りだろ。だから、勇太一味のネタ、知ってることを話しちゃくれねえかい」

「ふん、そうか」

妙心は思案するように言った。権助が、

「おら、ここが臭えと睨んで何度も通った。和尚が酒好きということで酒を差し入れて探りを入れたんだ」

源之助は、

「勇太が賭場を開帳していたのはここと光琳寺だった」

「ならば、光琳寺に行けばいいだろう。光琳寺で賭博のネタを拾ってくればいいじゃないか」

妙心は横を向いた。

「もちろん、行くつもりです。だが、その前に話を聞かせてもらえまいか」

「ふん、知るか」

妙心は横を向いたままだ。

「どこで賭場を開いていたのだ」

「さあな」

「今更、摘発するつもりはない。だから、聞かせてくだされ」

「知らん」

妙心は強い口調になった。

すると権助がたまりかねたように、

「本堂でやっていたんだろ。他に博打が開けられる場所なんてねえじゃねえか」

「知らん」

妙心は横を向いたままだ。

「和尚、惚《とぼ》けねえでくれよ」

「惚けてなんぞない。博打なんぞ、やらせておらん」

「今更、それはねえぜ、さっきやってたって言ったじゃねえか」

「そうだったか、覚えておらんな」

源之助が、

「勇太に義理立てをしているのか」

「なんであんなやくざ者に義理を立てる必要がある。わしは身仏に仕える身だぞ。やくざ者の片棒なんぞ担ぐはずがなかろう」

「惚けるんじゃねえよ」

権助は苛立った。

「惚けておらん」

妙心は権助を睨み返す。

「なら、あれかい。勇太の残党の仕返しを恐れているんだな」

「馬鹿な」

「そうに決まってるぜ」

「おまえ、言葉が過ぎるぞ」

妙心は五合徳利を脇に置き、権助から源之助に視線を移した。これ以上、いくら尋ねたところで答えてくれるとは思えない。

「わかった。ひとまず、引き上げましょう」

源之助が言うと、

「和尚、覚えてろ！」

権助は妙心を睨んだ。今にも摑みかからんばかりの権助の着物の袖を源之助は引いて腰を上げた。

「お邪魔しました」

源之助の挨拶を妙心は無視して酒を飲み始めた。

庫裏を出たところで、

「けっ、とんだ生臭坊主ですよ」

権助は吐き捨てた。

「なんとも惚けた坊主であったな」

「食えない野郎でさあ」

権助は言いながら石ころを蹴飛ばした。源之助はふと本堂を見上げた。

「ちょっと、覗いてみるか」

「なんにもありゃしませんぜ」

「かまわん」

言いながら源之助は本堂に向かった。階《きざはし》の下に立ち再び雪駄を脱ごうとしたが、

「足が汚れるだけですよ」

権助が土足で軽やかに上がったため源之助も一瞬迷ったものの、落ち葉と埃、砂にまみれた濡れ縁と階を見れば権助と同様雪駄履きのままゆるゆると上った。

「ね、ひでえでもんでしょ」

権助は開け放たれた観音扉から中を覗いた。祭壇はあるものの、そこには仏像はない。仏具の類といえば、かろうじて木箱に木魚が載せられているだけだ。

板敷きは所々穴が開き、ここもやはり掃除などしていないことをその荒れた様子が如実に物語っていた。

「まったく、これで御仏に仕えているなんてよく言えたもんですよ」

権助の悪態は決して大袈裟なものではなかった。源之助も苦笑を返すしかなかった。

「ならば、次、光琳寺へ行くか」

「へい」

権助はここでくすりと笑った。

「どうしたのだ」

「いえね、光琳寺というのはこの貧乏寺とは大違いなんですよ。あまりの違いにびっくりなさいますぜ」

権助はおかしそうだ。

「それは楽しみだな」

源之助はそっと濡れ縁から階に足を伸ばした。慎重に歩かなければ足を踏み抜いてしまいそうだ。

権助の案内で光琳寺にやって来た。深川は小名木川にかかる万年橋の近くだ。なるほど立派な寺である。同じ浄土宗の寺でありながらこうも違うものかというほどだ。山門を潜ると、黄落したとはいえ立派な公孫樹《いちょう》の木がある。

「樹齢五百年だそうですぜ」

権助が耳元で囁いた。さもありなんといったところだ。本堂からは読経が聞こえ、右手には立派な鐘がある。広々とした境内は掃除が行き届いている。大勢の小坊主たちが箒を片手に黙々と掃き清めていた。

「これが寺というもんでさあ」

権助は大きく息を吸い込んだ。源之助も同意しようとしたが、

「ところが、賭場であったわけだ」

「この寺じゃ、さぞかし上客がやって来たのでしょうね」

「そうであろうな」

源之助は境内を眺めた。

本堂の階を数人の僧侶に取り巻かれた僧侶が降りて来た。錦の袈裟を身に付けたその姿はいかにも威厳に満ちていた。

「あれが、ご住職の法海《ほうかい》さまですよ」

権助は妙心とは別人の扱いだ。源之助は物も言わずつかつかと法海に歩み寄った。権助はあわててついて行く。

法海は源之助にちらりと視線をくれる。取り巻いていた若い僧侶が警戒の目を向けてきて源之助と法海の間に立ちはだかった。

源之助は立ち止まり、

「拙者、北町の蔵間源之助と申します。ご住職の法海殿とお見受け致します」

すると若い僧侶が、

「何用だ」

いかにもうろんなものを見るような目を向けてくる。

「法海殿にちとお尋ねしたきことがございます」

法海は横を向いた。源之助はかまわず、

「菩薩の勇太のことでございます」

「無礼者」

若い僧侶が声を荒げた。

「勇太をご存知でございますね」

法海は聞く耳を持たず歩いて行く。

「法海殿、お待ちくだされ」

だが法海は答えない。

「畏れ入ります、お答えを」

ここで法海は立ち止まり源之助をぎろりと睨んで、

「ここは寺、参詣以外で町方の役人がうろついては迷惑じゃ」

「ですが、少しだけ」

「これ以上騒ぐと御奉行所へ断固たる抗議を致しますぞ。拙僧、寺社奉行の大沼美濃《おおぬまみのの》守殿《かみ》とはいささか懇意にしておるでな」

法海は露骨に権威をちらつかせた。

「帰れ」

若い僧侶が蠅でも追うように右手を掃った。法海はすたすたと歩き出した。

「蔵間さま、あんまり唐突に過ぎますぜ」

権助が近寄って来た。

「ま、あんなものだろう」

源之助の表情は明るかった。

三

源之助と権助は光琳寺を出ると門前にある掛け茶屋に入った。縁台に並んで腰を下ろしたところで、

「旦那、駄目ですよ」

権助は顔をしかめた。

源之助は涼しいものである。

「ああ、真っ正直に正面から挑んだんじゃとても敵《かな》いませんや。相手は強すぎますよ」

「寺社奉行の名を出したな」

源之助はにんまりとした。

「蔵間さま、ニヤニヤしている場合じゃござんせんや」

権助は顔をしかめる。源之助は真顔に戻り、

「それにしても大違いだ」

「妙生寺と光琳寺ですかい。それとも、妙心と法海さまですかい」

権助は妙心のことは呼び捨てにし、法海のことは敬称をつけたが、それも違和感を感じない。

「両方だ」

源之助は呟いたように両者の間は歴然としていた。

「両方とも同じ人間が開いた賭場とは思えんな」

「そうですね」

権助はぼんやりと答える。

「客筋が違ったのか……。妙生寺と光琳寺では博打に参加する客筋が違った。その違

いによって寺を分けていたのか。いや、待てよ」

源之助は矢作の日誌を思い出した。光琳寺では今年になってから八回も催しているが、妙生寺の方は一回である。

「やはり、客筋が違うのか……。その辺のことを矢作殿は何か申していなかったか」

「聞いてませんや。あっしは光琳寺と妙生寺の監視を任されていただけです。もっとも、妙生寺ではあの和尚と親しくなるよう言いつけられましたがね」

「勇太は博打の客筋を広げようとしていたのかもしれんな。つまり、大きな金を使う客。小銭を使う客」

「そら、考えられますね」

権助もうなずく。

「そう考えればいいが……」

源之助の胸は晴れなかった。

「どうしやした」

「いや、どうもしっくりこん」

「何がですか」

権助は茶を飲みながら訊く。

「客筋を広げて何になるのかと思ってな。申してはなんだが、貧乏人相手に小銭を吸い上げたところで儲けは知れている。ましてや、あんな貧乏寺だ。踏み込まれてもおかしくはない。寺といっても、あの寺なら踏み込んでから寺社方に報告したとて問題にはなるまい」

「そうですかね、それはちと強引なんじゃござんせんかね」

権助は首を捻った。

「矢作は強引を以って知られておったじゃないか」

「まあ、そうですが」

「勇太は何を考えて賭場を二つ持っていたのだ。矢作ならわかっておるかもしれんな。おまえ、本当に何か聞いておらんか」

「いいえ、あっしにはその辺のことは何も話しちゃくれませんでした」

「ならば、本人に聞いてみるか」

「はあ……」

「矢作にだ」

「小伝馬町の牢屋敷に行くんですか」

「そうだ」

「会えますかね」

「昨日は会えたのだ」

源之助は縁台から腰を上げた。

「待ってくだせえよ」

権助は団子で口の中を一杯にしながら急いで歩いて行った。


二人は小伝馬町の牢屋敷にやって来た。

ところが、昨日とは打って変わって対応は冷たい。源之助が顔見知りの同心に頼んでもけんもほろろに断られる。

「警戒厳重だな」

「評定が近いですからね、外部とは遮断しているんじゃござんせんかね」

「そういうことだろうが、こいつは厄介なことになったもんだ」

「はなっから厄介なことになっていますぜ」

権助は皮肉っぽい笑みを投げてくる。

「となると、勇太の残党を捕まえるとするか。おまえ、奴らの巣窟、知っているんだろ」

「そりゃまあ、連中がたむろしていた場所ならね。深川山本町の岡場所ですよ。でも、一味は散り散りになっちまっていますぜ。もう、いねえかもしれませんや」

「いるな。まだ、いる。虎の彫り物をしている男」

「大虎の太郎兵衛《たろべえ》ですかい」

「大虎の太郎兵衛というのか。そいつらしき男に襲われた」

「お怪我をなすったんじゃござんせんか」

権助は口をあんぐりとさせた。

「なに、大したことはない」

「蔵間さま、下手《へた》したらお命が危ないですぜ」

「それは覚悟の上だ。それとも、おまえは怖気《おじけ》づいたか」

「馬鹿なこと、おっしゃらねえでくださいよ。あっしだって覚悟しているんですからね」

「そら頼もしいことだ」

「なら、あっしはこれから奴らの巣窟を探ってきますよ」

「よし、おれも行く」

「いえ、旦那、ここはあっしに任せておくんなさい」

「いや、そういうわけには」

「あっしもお役に立つってところをお見せしたいんですよ」

権助は強く主張した。

ここは任せたほうがいいだろう。京次の探索も気になるし、美津の身も案じられた。

「そうか、ならば、任せる」

「こいつはありがてえ」

権助は生き生きとなった。

「頼みにしているぞ」

「明日の朝、御奉行所にご報告にまいります」

「そうしてくれ」

源之助の笑顔に見送られながら権助は走り去った。探索を続けているうちに岡っ引の血が騒いだのかもしれない。


源之助は宗方彦次郎道場にやって来た。厳しい稽古が続く道場を右手に木戸門を入ってすぐ左にある母屋に向かう。玄関で、

「御免、蔵間でござる」

すぐに亜紀がやって来た。

「いらっしゃいませ」

亜紀は笑顔で歓迎してくれた。

「美津殿は息災ですか」

源之助は思わず玄関の奥に視線を向けた。

「それはもう大そうお元気ですよ」

「それはよかった」

亜紀は玄関に降り立ち、

「あちらです」

と、稽古場に視線を送った。

「まさか」

「そうなのです」

亜紀はにっこりした。

「美津殿が剣術の稽古をなさっておられるか」

「ご覧になられませ」

「では」

源之助は亜紀と共に稽古場に向かうと武者窓の側に立った。格子の隙間から稽古の様子が見える。相変わらず、彦次郎が厳しく指導に当たっていた。

立派な体格の門弟たちの中にあって、一人、小柄な美津は面、籠手などの防具に身を包んで稽古をしていた。女らしい甲高い声音で気合いを入れていたが、その動きは素早く男相手にも立派に伍していた。

「大したものですな」

「主人も基本ができていると感心しておりました」

「美津殿が稽古をしたいと申されたのですか」

「そうです。初めは主人もわたしも驚きましてお引き止めをしたんですが、じっとしているのが辛いと申されまして」

「いかにも美津殿らしい」

源之助はふんふんと感心しながら稽古を眺めた。これは、源太郎よりも剣の腕は上かもしれない。

「安心しました。こちらにお預けして本当によかった」

「そう言ってくださるとうれしいです」

亜紀は微笑んだ。

せめて、剣術の稽古をしている間は兄の身を案じなくてもいいのかもしれない。美津のけなげな姿を見ていると矢作の無実を晴らすぞという強い思いに駆られた。

「もうしばらく、お願いします」

「どうぞ、遠慮なさらず。うちでしたら、いつまでも」

「かたじけない。わたしは、この前の稽古で腰を痛めてしまいました。情けない限りです。修練を怠っている罰です」

「蔵間さまはまじめでいらっしゃいますね」

「そんなことはござらん」

「まじめですよ」

「彦次郎もそうですがね」

「男の方って打ち込むものがあると脇目も振らないものですね」

「では、彦次郎にもくれぐれもよろしく」

「確かに承りました」

源之助は亜紀の笑顔に送られ宗方道場を後にした。

# 四

一方、京次は善太郎と共に浅草並木町の履物問屋弁天屋を訪ねた。京次は手代として善太郎に同行するという名目のため杵屋のお仕着せを着ている。

昼下がり、京次は善太郎と共に弁天屋の暖簾を潜った。小上がりになった店の奥にぼんやりとした若者が座っている。いかにもつまらなそうに、客や店には視線を向けることもなく明後日《あさって》の方を見ては時折あくびを漏らしていた。安太郎である。

番頭以下、奉公人たちは忙しげに客の応対をしたり帳面をつけたり、履物を出したりしている中、安太郎のみはまるで別世界にいるかのようだ。

善太郎はニヤリとし京次も呆れたように鼻で笑った。善太郎は背伸びをして、

「やっさん」

と、呼ばわる。

安太郎は鼻毛を抜いてふうと飛ばしてから善太郎に気がついた。たちまち目を輝かせて、

「善さん、よく来たね」

安太郎は転がるようにして出て来た。

「浅草の観音さまにお参りに行った帰りなんだ」

善太郎は手土産の饅頭を差し出す。安太郎はそれを受り取ると中身を見ることもなく手代に渡し、

「行こう」

と、表に出ようとした。

「忙しいんじゃないのかい」

善太郎は一応の礼儀と思ってそう問いかけたが、

「いいよ、いいよ」

安太郎はつぶやくと店を振り返って、

「杵屋の善さんと出かけてくるよ」

それだけを言い残して善太郎を引っ張るようにして出て行った。京次も後から追いかける。

浅草の往来の雑踏に身を委ねたところで、

「いやあ、息が詰まっていけねえや」

安太郎は金魚鉢の中の出目金のように口をぱくぱくとさせた。

「いいのかい、ずいぶんと忙しそうだったけど」

善太郎は申し訳なさそうに問いかける。

「かまやしないさ。どうせ、おいらなんかいたっていなくたって、いや、いない方がいいくらいだからね」

安太郎は自嘲気味な笑みを浮かべたところで京次に気がついた。善太郎が、

「手代の京次だ」

京次も、

「京次と申します」

と、頭を下げる。

安太郎は特別に注意も向けず、

「あそこに入ろう。おしるこが美味いんだ」

と、仲見世にある茶店に入った。手馴れた様子で入れ込みの座敷の奥に進む。衝立で仕切られた一角に座ると安太郎はおしるこを三つ頼んだ。それから、

「酒も飲むかい」

と、愛想よく聞いてくる。

「まだ、天道さまが頭の天辺《てっぺん》にあるだろ」

「硬いこと言わないでくれよ」

「それに、おしるこに酒はね」

善太郎は顔をしかめる。

「あたしゃ、甘いのも辛いのもいけるんだ。おしるこや饅頭ってのは案外酒に合うんだぜ。特に冬場はね」

「あたしは遠慮しとくよ」

「あんたは」

安太郎は京次に視線を向けた。

「あたしも遠慮申し上げます。どうぞ、お飲みになるのなら」

安太郎は軽く舌打ちをして、

「一人で飲んだってつまらねえや。気がひけらあ」

「まあ、気を悪くしないでおくれよ」

善太郎は愛想笑いを浮かべた。

「しかし、つまらないね、毎日、毎日」

安太郎が愚痴っぽく言った時おしるこが運ばれて来た。湯気が立ち、あんこの甘い香りがする。寒さを凌げそうだ。

「でも、やっさん、仲間内で評判だよ。ずいぶんと新規のお得意さんを獲得してるって」

「ああ、あれか」

安太郎は興味なさそうにしるこを箸でぐるぐるとかき回した。

「ねえ、教えておくれよ。お得意さんの獲得の仕方をさ」

善太郎は京次を見る。京次も調子を合わせて、

「ほんとですよ。この不景気の中、渋いお客さまばかりですからね」

「まあ、それは偶々《たまたま》さ」

安太郎はおしるこに口を持って行った。

「ちょっとでいいから、教えておくれな」

善太郎は両手を合わせた。

「そんなこと言ったってさ」

安太郎は善太郎の追及を逃れるように横を向いた。

「なんだか、凄い技があるんだろうねえ」

「そんなことないさ」

安太郎は黙々とおしるこを食べたが、ふと思い出したように、

「善さん、昔はずいぶんと遊んでたんだって」

「まあね、とんだ放蕩息子だったさ。それが、北町の旦那のお陰でどうにか真人間になった。でなきゃ、今頃も賭場通いをしているか、それとも借財を背負って江戸から消えて、いや、この世にいないかもしれないな」

「ずいぶんと賭場にも出入りしていたんだろうね」

「あたしが出入りしていた賭場はなくなっちまったさ。ああ、そうだ」

善太郎はここで思わせぶりに口を閉ざした。

「なんだい」

安太郎は興味深そうに聞いてくる。

「悪い噂を聞いたよ。やっさんが深川の賭場に出入りしてずいぶんとのめり込んでいるって」

安太郎の顔色が変わった。そして、

「だ、誰だい、そんなこと」

唇を震わせている。

善太郎はさも泡を食ったように、

「誰ってことはなくてね」

「誰なんだい、言っておくれよ」

「それがね」

「まさか、善さんがおいらの評判を落とそうって腹でそんな根も葉もない悪評を流しているんじゃないだろうね」

「そんなことするはずないじゃないか」

「いや、怪しいもんだ。だって、今まで一度だってうちなんか訪ねて来なかったのに、急に来たりして」

安太郎は疑心暗鬼になっている。

「だから、それは商いのこつを教わろうと思ってさ」

「下手な嘘はいいよ」

「どうしたんだい、そんな、向きになって」

「善さんがおいらを陥れるようなことを言うからだろ」

「だから、違うって」

「じゃあ、誰がそんな噂を言っていたんだい」

「それはね」

善太郎は安太郎の剣幕に口をもごもごとさせた。このままでは安太郎の怒りは納まりそうにない。その態度は明らかに安太郎が博打にのめり込んでいる様を物語っている。

京次が、

「すみません。あたしです」

と、両手をついた。安太郎は口をあんぐりとさせ視線を京次に据え、

「どういうことだい」

「それが、あたしが深川のお得意さまに商いで行ったついでに、永代寺門前町の岡場所で耳に入ったんです。やくざ者でした。腕に虎の彫り物をしている男が女郎相手に自慢げに賭場の話をしているのです」

安太郎の視線が泳いだ。明らかに動揺している。

「その虎の彫り物をしたやくざ者の話の中に弁天屋の若旦那という言葉が入っていたのです」

「なんだって」

安太郎は力なく言う。

京次は大袈裟に、

「弁天屋さん、それに若旦那、あっしが間違ってました」

と、安太郎と善太郎に頭を下げた。それから善太郎に向き、

「あっしは商いもせず、岡場所に行っておりました。若旦那からどこへ行っていたと聞かれて咄嗟《とっさ》に、話をそらすために弁天屋の若旦那がやくざ者たちと賭場で遊んでいるなんて言ってしまったのです。そうしましたら、うちの若旦那は人が好いもので、かつて自分も博打にのめり込んでしまったことを引き合いに出され、そいつは安太郎さんが心配だ。こうしてはいられないと……。それで、こうしてやって来たのです」

京次は田舎芝居もいいところ、大袈裟な仕草で目に涙を溜めて訴えかけた。安太郎は、

「そうだったのかい」

その表情はうつろでぼんやりとしていた。

「やっさん、それ、本当なのかい」

今度は善太郎が切迫した声を出す。

「ええ」

安太郎の耳には届いていないようだ。

「やっさん、嘘なんだろ」

「ああ、そら、おいら、賭場になんか出入りしてないよ」

安太郎は表情を悟られまいとしてか、おしるこに面を伏せた。

「ほんとだね」

「ほんとさ」

安太郎は音を立ててしるこを啜り上げた。京次が追い討ちをかけるように、

「それにしても性質《たち》の悪い連中だ」

と、深刻な声を出した。

# 第七章　残党の蠢き

## 一

「そら、性質が悪いよ。根も葉もない噂を言いふらしたりして。弁天屋さんの暖簾にも関わることじゃないか」

善太郎も危ぶむ。

安太郎は視線を泳がせた。京次が手を打ち、

「瓦版に出ていましたよ、南町の旦那が両国橋東広小路の博徒とつるみ、挙句《あげく》仲間割れから殺したって」

「ああ、あった、あった」

善太郎も合わせる。

しれませんね」

「瓦版によると、博徒は散り散りになったといいますから、もう、安心していいかも

京次は声を弾ませた。

「そうだよ、やっさん」

善太郎が声をかける。

「まあ、そうだね」

安太郎は心ここに非《あら》ずといった様子だ。

「すまなかったね、こんなことで付き合わせてしまって」

「なに、どうせ暇だよ」

「ここはあたしが持つよ」

「そうかい」

「じゃあ、これで失礼するね」

善太郎は京次を促し席を立った。安太郎は何かを考える風にじっと動かないでいた。

その様子をそっと茶屋の外から二人は窺った。

「善太郎さん、いい芝居ですね、あたしゃ驚きましよ」

「世辞はいいよ」

「世辞じゃござんせんや。蔵間さまにも言っておきますよ」

「これまで、蔵間さまや源太郎さまと探索の真似事をしていたからね」

善太郎はうれしそうに顎を掻いた。

「なんだか、すっかり味をしめてしまったようですね」

それには善太郎はにんまりとすることで答えとした。

「なら、これから先はあっしがやりますんで」

「あたしも行くよ」

「それはいけませんや。あたしらが投げた餌に安太郎が食いついたとしたら、これからはつけていくという仕事です。己を消し、目立ってしまってはいけませんから」

「わかったよ。これからは本職だ。あたしはこれで十分」

善太郎は満足そうに言うと踵を返した。

京次は茶店の前にある天水桶の脇に身を潜めた。しばらくして安太郎はよろめくようにして表に出て来た。

その表情は硬い。博打に狂った放蕩息子の面影はない。

安太郎はしばらくたたずんでいたが、

「よし」

と、手を打つと心を決めたように足を吾妻橋の方に向けた。

――しめた――

京次は腹の中で喝采を叫んだ。

安太郎は餌に食いついた。これから、菩薩の勇太一味の残党に会いに行くに違いない。目的は口止めだ。

案の定、安太郎は口を真一文字に引き結んで正面を見据え、雑踏を鬱陶《うっとお》しそうにかきわけながら進んで行く。とても、背後や尾行に気を配る余裕など安太郎にはない。だが、油断は禁物だ。

京次は安太郎の足に視線を張り付かせた。さすがに履物問屋の若旦那だけあって雪駄は上物だ。螺鈿《らでん》細工の鼻緒である。雑踏の中にあっても見失うことはない。視線を足元にすえておけば突然に安太郎が振り返っても視線を合わすことがない。視線を合わせさえしなければ、これだけの人混みである。よもや見つかるということはない。これは経験でわかる。

吾妻橋はさすがに寒風が吹きすさぶ。袷の襟を引き寄せ、杵屋のお仕着せが風に揺れた。つい、急ぎ足になる。安太郎は前かがみになって橋を渡り切った。

両国東広小路の盛り場に差し掛かったところで、

「杵屋さん」

と、声をかけられた。一瞬の間を置いてそれが自分を杵屋の手代と思って声をかけられたのだと気がついた。声の方に視線を向ける。

どこかの商人といった恰幅のいい中年男がにこやかに立っている。もちろん、京次の見知らぬ男だ。

だが、男はそんなことにお構いなく、

「善右衛門さんは息災ですか」

仕方ない。適当に相手をするしかない。目の端で安太郎を追いかけながら、

「それはもう元気にしております」

などとにこやかに答える。

「なによりでございますな。近々、お邪魔すると言っておいてください」

「わかりました」

調子よく請け負ったものの相手が誰だかわからない。それを見抜かれないように踵を返したところで、

「ちょっと、あんた、見慣れない顔だね」

と、男に呼び止められた。

内心で舌打ちをしながら、

「京次と申します。先月からお世話になってます」

「そうかい」

男はまだ話し足りなそうだったが、

「すみません。お使いがございますので、これで失礼します」

京次はそそくさと雑踏に身を投じた。男に声をかけさせない素早さだ。

「っつ……」

安太郎の姿がない。

安太郎は人の波に呑まれてしまった。

「あの男」

あの商人に罪はないのだが、つい恨み言を言いたくなった。だが、そんなことをしている場合ではない。

探さねば。

両国東広小路の孤掛けの見世、床見世、掛け茶屋を覗く。しかし、安太郎の姿はない。

どじを踏んだもんだ。杵屋のお仕着せは脱いでおくべきだったのだ。後悔先に立たずである。

京次は祈るような思いで回向院に足を向けた。門前の掛け茶屋を通り過ぎようとした時、

「やばいんだよ」

安太郎の声がする。

胸がどきりとし次いで高鳴った。

——ついている——

己の幸運を思ったが、同時に今度は油断しないと杵屋のお仕着せを裏返しにして着込んだ。他人からは変な目で見られるだろうが、不意に声をかけられることはない。

そうしておいて葦簾《よしず》の影に屈み込んだ。葦簾の隙間から安太郎とやくざ者らしき男の姿が見える。二人は縁台に並んで腰掛けていた。

「困るんだよ」

安太郎は悲痛な声を出した。

やくざ者は、

「あっしは知りませんよ」

「惚けなさんな。深川山本町の岡場所でおまえさんがあたしの名前を出して賭場のこ

とを吹聴してたことを聞いた者がいるんだ。あの辺りの岡場所はおまえさんらがちょくちょく利用しているじゃないか」

「そりゃそうですがね。ですが、あっしは口が硬いことで知られているんでさあ」

「どこまで本当だか。ちゃんとね、虎の彫り物をしてるって話だったよ」

「そんなことはないですって」

「とにかくね、ほとぼりを醒ました方がいいんだ」

「そうかもしれませんね。矢作の奴をうまくお縄にしたまではいいですけどね、どうも、その後、北町が動いているんですよ」

「そらごらんよ。言わないこっちゃない。勇太が死んで一味がばらばらになったって言ったって、まだ、味は壊滅していないって探りを入れている連中もいるんだ。御上を舐めているとえらい目に遭うよ」

「わかってますよ。ですから、光琳寺では当分賭場を開帳しないんじゃござんせんか」

　ここで安太郎は不満げな顔になった。

「どうしたんですよ」

　太郎兵衛はほくそ笑んだ。

「どうもしやしないよ」

「あれでしょ、博打の虫が疼いたんじゃねえですか」

「馬鹿、お言いでないよ」

「そうですかね」

太郎兵衛は声を上げて笑った。

「ちょいと、手軽にできる賭場でもあればね。光琳寺みたいな大掛かりな賭場じゃなくてもいいんだ」

「今はこの辺りの寺や旗本屋敷は賭場を開くことに及び腰になっているんですよ」

「そうかい」

安太郎は舌打ちをした。だが、すぐに顔を輝かせて、

「あの貧乏寺はどうだい」

「妙生寺ですか」

太郎兵衛はいかにも嫌そうな顔をした。

「そうだよ、あそこなら、心配ないよ」

「でも、あの坊主、承知しますかね」

「寺銭《てらせん》を弾んでやれば大丈夫さ」

「そうですか、じゃあ、ちょっと、話を持ちかけてみますか。でもね、断られるような気がしますよ。なにせ、あの坊主も勇太親分が殺されて以来、あっしたちと関わりを絶ってますからね」

「なら、あたしが持ちかけてみるよ」

「若旦那、本当にお好きですね」

「誰のせいでこうなっちまったんだい」

安太郎はからからと笑った。己が危機感を博打好きで紛らわせる。

とんだ、放蕩息子である。

二

「なら、若旦那、くれぐれも言っておきますが、目立っちゃいけませんよ」

「わかってるさ」

二人は掛け茶屋を出た。

京次は迷うことなく太郎兵衛の後を追った。太郎兵衛は足早に回向院を抜けて行く。

今度こそ、どじは踏まないと心に誓い京次は付ける。

京次の尾行は労せずして報われた。太郎兵衛は回向院の裏手にある本所松坂町一丁目にある長屋が住まいだった。同じ長屋には目つきのよくないいかにも仲間といった連中もたむろしていた。それだけを見届けて京次は踵を返した。


源之助は杵屋の居間にいた。

善太郎から安太郎との話を聞き終えたところで、京次が戻って来た。

「蔵間の旦那、丁度よかった」

京次は源之助に頭を下げた。それから善太郎を見て、

「今日は善太郎さんが大活躍でしたよ」

善太郎は照れくさそうに頭を掻いた。しかし、善右衛門は渋い顔で、

「妙なことが好きになってしまって」

「そんなことはございません」

否定する善太郎の表情は生き生きとしていた。

「ともかく、大助かりだった」

源之助も褒め上げた。京次が、大虎の太郎兵衛のねぐらを見つけたことを報告した。

「上出来だ」

そういえば、権助も太郎兵衛の住まいを突き止めると言っていた。あいつはあいつで何か情報をもたらしてくれるに違いない。

「それから、安太郎の奴、相当に博打に飢えているようでして、どうにも我慢がならないようなんです。それで、これまでに賭場を開いていた光琳寺ではなく、一度だけ開いたことのある妙生寺とかいう貧乏寺でやるようなことを言っていました」

なるほど、そういうことだったのか。

「ですから、菩薩の一味まだまだ壊滅には程遠いですよ」

「勇太、用心棒三杉正太郎と火龍の伝吉は誰に殺されたか」

源之助は一人思案をした。

「仲間割れではないのですか」

京次が言った。

「太郎兵衛たちと仲間割れをしたということか」

「そうじゃございませんかね」

「さあてな」

源之助はまだもやもやとした気持ちが晴れない。

「矢作さまの評定はいつでしたかね」

「三日後だ」

口に出してみると切迫さがひとしおである。

「蔵間さま、ご苦労が絶えませんね」

善右衛門が言った。

「どうも、生来の苦労性のようですな」

源之助が答えると京次が吹き出した。

「ところで、源太郎さまの縁談はどうなるのですか」

善右衛門が訊いた。

京次が言った。

「矢作さまが無事に解き放たれれば結ばれるのではないのですか」

「そうかな……」

源之助は首を捻った。

「何か問題でもあるのですか」

善太郎が訊く。

「はっきりとはわからん」

源之助は首を横に振る。

「そのお顔は何か心に引っかかることがあるのではないですか」

善右衛門は表情はにこやかながら源之助の心の内を見透かしているようだ。

「いやあ」

源之助は曖昧に言葉を濁したもののさすがは善右衛門である。源之助の表情の動きを見逃さない。

「ま、それは、源太郎さまと美津さまのことでございますから」

善右衛門の一言でその場は収まった。

「ならば、明日」

源之助は腰を上げた。

「なら、あっしも」

京次も立ち上がった。善太郎が、

「また、いつなりと御用を言いつけてください」

「図に乗ってはいけません」

善右衛門があわてて諌めた。善太郎はぺろっと舌を出す。

家に戻った。

居間に入ると源太郎が憂鬱そうな顔で待っていた。きっと、矢作の一件が胸にわだかまっているのだろう。

「どうした、陰気な顔などしおって」

「ちょっと疲れておるだけです」

「疲れておるだと」

源太郎の言葉が引っかかった。

「庭に出ろ」

「はあ」

源太郎は源之助の思いがけない言葉に戸惑っている。横で久恵もはらはらとした顔をした。

「一汗、流すぞ」

源之助は竹刀を持てと言い添える。源太郎はいぶかしげな表情を浮かべながらも黙ってついて来た。

夜風が身に染み、月もおぼろである。

「さあ、打ち込んでまいれ」

源之助は竹刀を持ち言う。

源太郎は戸惑っていたが、

「ええい」

と、大上段から竹刀を振り下ろした。源之助はそれを軽く横に払う。源太郎は勢い余ってよろめく。

「なんだ、そのへっぴり腰は」

源之助の叱責が寒風を震わせる。

「もう一度」

源之助の怒声を浴びせられ源太郎は目の色が変わった。いかにも父親の気紛れにつき合わされているという様子から、剣術の稽古に対する情熱を呼び覚まされたようだ。

「いざ」

源太郎は再び打ち込んできた。だが、源之助との技量の差は歴然としており、棒切れを振り回す子供に等しい。

「力み過ぎだ」

源之助は源太郎の肩を竹刀で打ち据える。源太郎はそれに逆らうように打ち込んでくる。それも源之助にやすやすとかわされる。

「どうした、もう、へばったか」

源之助はからかい口調になった。

「なんの」

源太郎は薄っすらと額に汗を滲ませ、夢中で竹刀を振るう。寒さも胸のわだかまりも忘れて竹刀を振るう姿は若者のひたむきさが滲み出ていた。

久恵はそっと様子を窺っていたが安堵の表情を浮かべて奥に引っ込んだ。

「よし、よかろう」

源之助が言った。

「ありがとうございます」

源太郎は素直に頭を下げた。

「剣の修練、怠っておるな」

「面目ないことでございます」

「同心の職務が忙しく、手が回らんか」

「それは言い訳でございます。八丁堀同心たる者、剣の修練を怠っておるようでは失格です。わたしはすっかり鈍ってしまいました」

源太郎は反省しきりである。

「まあよい。日々、暇を見つけては修練をすることだな。竹刀を持つのは久しぶりなのではないか」

「面目ないことにそうなのです。未熟なわたしがこんなことを言うのは不遜ですが、汗を流すとなんだか気持ちまでもがすっきりとしました」

「そうであろう」

「胸の中のもやもやも晴れました」

「それであればよし。明日からの御用に役立つというものだ。わたしも、御用で行き詰まったり、壁にぶち当たったり、しくじったりした時、あるいはいつまでも失敗をぐずぐずと引きずってしまった時、しばしば、道場で汗をかき胸のわだかまりを取り除いたものだ」

源之助は言ってから小声で、「これは説教じみたな」と言い添えた。

「ありがとうございます」

「うむ」

「月がきれいでございます」

源太郎は夜空を見上げた。雲が晴れ、寒月が夜空に煌々と輝いている。それを見ているだけで心が洗われそうだ。

「美しいの」

「はい」

「だが、月を愛でるのも気持ち次第だ。心にゆとりがなければ、いくら美しい月だろうが富士の優美さだろうが少しも心に訴えぬ」

「おっしゃる通りです」

「何事も気持ち次第ということだな」

「心を強く持てるよう尽くします」

「それには、己を律するばかりでは駄目なのだがな」

源之助は居間に戻って行った。

源太郎は静かに頭を下げた。

## 三

居眠り番に出仕をした。明くる十日の朝だ。

今日には権助が何かの情報を持ってくるはずである。それと、京次、善太郎が得た情報をつなぎ合わせれば、殺しの真相に迫ることができるかもしれない。

そう思うと、権助の到来が待ち遠しくなって仕方ない。

と、思っていると戸口に権助がやって来た。

「さあ、入れ」

源之助は待ちかねたように手招きをした。権助は神妙な顔で入って来る。この男だけは表情から何も読み取ることはできない。

「どうだった」

「へえ」

権助は陰気な声で応じてからふうとため息を洩らした。それからおもむろに、

「勇太の殺害は太郎兵衛の仕業に間違いありませんや」

「どうしてわかった」

「太郎兵衛のこれですよ」

権助は小指を立てた。源之助が、

「太郎兵衛の女をつきとめたのか」

「そうです」

「わかった、行こう」

「行かなくても呼んであります」

「ここにか」

「もう間もなく、やって来るんですがね」

権助が戸口を振り返ると、

「蔵間さま」

と、新之助が立っていた。どうしたのだと尋ねる前に脇に女の姿がある。果たして、

「この者が蔵間さまを訪ねてまいったのですが……」

新之助は権助を見て眉をしかめ、源之助と一緒にいることにさらに不思議そうな表情を浮かべた。権助が女の近くに寄り、

「旦那、すみませんね。ほら、こっちだ」

新之助に礼を言ってから女を連れて来た。新之助は何事かと聞きたそうだが、源之助が目で向こうへ行けと言っているため遠慮して出て行った。

「お静《しず》っていいます。深川の料理屋で女中をやってます」

お静はどこか気だるい色気を感じさせる女だった。お静は権助の隣に座った。権助が耳元で、

「昨日の晩、おれに話したことを話しな」

お静はうなずくと、

「太郎兵衛は馬鹿に景気のいい話をするようになったんです」

「どんな話だ」

「近々、おれが頭《かしら》になる、とか、大金が懐に入るとか」

権助が横から、

「それは何時頃の話だ」

「五日くらい前です」

「勇太が殺された前日ですぜ」

権助が言った。源之助がうなずくのを見て、

「弁天屋の若旦那安太郎を賭場に引き込んだのは太郎兵衛です。太郎兵衛は賭場で知己を得た商人、旗本への出入りを可能にしました。安太郎と太郎兵衛は昵懇の間柄になっています」

このことは京次の探索とも一致する。

「すると、太郎兵衛は勇太を殺し、自分が後釜に座った。そして、その罪を矢作の旦那に押し付けた。実に、卑劣な野郎ですよ」

権助は吐き捨てた。

「お静、勇太が殺されて太郎兵衛は何か言っていなかったか」

お静は考える風の視線を彷徨わせた。

「馬鹿に興奮していたって、おめえ、言ってたじゃねえか」

するとお静も、

「そうです。おれがやったって」

「なんだと」

源之助は目を吊り上げた。

「おれが殺したって言ってました」

「しかと相違ないか」

お静は頭を垂れる。

「ならば、何故、そのこと奉行所に申し出なかった」

「それは……。ええっと……」

お静はしどろもどろになった。権助が、

「怖かったんだろ。太郎兵衛が怖かったんじゃないのか」

お静はこくりとうなずく。

「そ、そうです」

「で、太郎兵衛は最近もお前に会いにやって来るのか」

「昨日も来ました」

お静はきっぱりと言った。

「すると、用心棒三杉正太郎と火龍の伝吉を殺したのは誰だ」

源之助は権助に尋ねた。

「さあ、それはわかりませんが、太郎兵衛をとっ捕まえて聞けば、わかるんじゃねえですかね」

権助は神妙に答える。

「それもそうだが」

源之助は思案にくれた。

「なら、早速、太郎兵衛を勇太殺しの下手人として捕縛なすってはいかがでしょう」

「そうしたいところだが……」

「どうされたのですか、何か迷っておられるのですか」

「いや、そうではないが」

「お静の証言では不足でございますか」

「正直申せば、もっと確かな証が欲しいところだ」

「普段の御用であればそうするのが当然と思いますがね、今は急を要しますぜ」

「それはわかっておる」

「蔵間さま」

権助は源之助の優柔不断を非難するように強い口調である。

源之助は決めきれない。このお静という女を果たして信用していいのか。だが、早急に太郎兵衛の捕縛をせねばならないことも事実である。

「よし、権助、おまえは太郎兵衛の家に先に行っていてくれ」

「太郎兵衛の家をご存じですか」

「ああ、ちゃんと探ってある」

「さすがは蔵間さまだ」

権助は顔を輝かせるとお静を伴って居眠り番を出て行った。

それと入れ替わるように京次が入って来た。

「権助って男、こんなことを言ってはなんですが、いつ会っても嫌な奴ですね」

「まあ、そう言うな」

「すんません。で、一緒の女は何者ですか」

「太郎兵衛の女ということだ。深川山本町の料理屋の女中でお静というらしい。お静は太郎兵衛が勇太を殺したと言ったという証言を持ってまいった」

「本当ですか」

「それが事実かどうか、おまえ、探ってくれぬか」

「わかりました」

京次は部屋を出て行った。

お静が本当のことを言っているのか。もし、太郎兵衛からそんな証言を得ていたのなら、どうして奉行所に申し出なかったのか。それが太郎兵衛が怖いというのなら、それはわかる。

しかし、そもそも太郎兵衛がそんな大事なことをいくら自分の女だとはいえお静に洩らすものであろうか。

「何かおかしい」

源之助の嗅覚がそのことを告げていた。

「すみません」

新之助が顔を出した。

「どうした、茶でも飲め」

「ありがとうございます」

言いながら新之助は源之助の前に座った。

「どうした」

「何か動いておられますね」

「わたしがか」

「お惚けはおやめください。矢作殿の一件を洗い直しておられるのではございませんか」

「ばれたか」

源之助はにんまりとした。

「やはりそうですか。京次といい、あの感じの悪い男。権助という矢作殿の岡っ引。そんな連中を見れば、どんな馬鹿でもわかりますよ」

新之助は笑った。

「すまぬな。こればかりは表沙汰にできない御用であったからな」

「わかります。そんなことで責めたりはしません。それより、わたしも何かお手伝いできませんか」

「おまえ、矢作を嫌っておったのではないか」

「確かにあの傲岸不遜な態度は腹が立ちました。無性に腹が立ち、深酒をしてしまったほどです。ですが、そのことと、無実の人間が処罰されようとしているのとでは話が違います」

「矢作を無実と思うか」

「思います」

「何故ぞ」

「他ならぬ蔵間源之助さまがその濡れ衣を晴らさんと動いておられるからです」

源之助は尻がこそばゆくなった。だが、反面胸が温かくもなった。

「申し出はうれしいが」

「いえ、是非」

新之助は身を乗り出した。

「それはありがたいが、今はこのままにしておく。好意はありがたく受ける」

源之助の言葉に新之助は従った。

四

その頃、源太郎は非番で屋敷にいる。昨晩の源之助との剣術の稽古ですっかり剣への情熱が湧き上がった。

この日も朝から庭に立ち竹刀で素振りを行っている。縁側に久恵が立ち、

「熱心ですね」

源太郎は縁側に腰掛け汗を拭った。

「道場へ行ってはどうなのです」

「そうですが」

源太郎は口ごもった。

というのは、二年前まで通っていた八丁堀の町田健作《まちだけんさく》道場は道場主や門弟たちとそりが合わず、見習いとして奉行所に出仕してからは、役目の忙しさにかまけて足が遠退いた。それから大いに足が遠退き、今更顔を出すのが嫌になってしまう。

剣術の修練を積むことを父に誓った以上、そんな言い訳はしていられないのだが、どうにも乗らない。

「どうしたのです。町田先生の道場には行き辛いのではありませんか」

「そのようなことは……」

「そうなのでしょう。顔に書いてありますよ」

久恵はくすりと笑った。

「それは」

源太郎はばつが悪そうにうつむく。すると、久恵は、

「ならば、宗方道場へ行けばいいではありませんか」

「宗方道場……」

「お父上が通っておられた道場です。先生はしっかりとしたお方でしょう」

「なるほど、それはいいお考えです」

源太郎は生き返ったようになった。

「ならば、出かけますね」

「行ってまいります」

源太郎は喜び勇んで出かけて行った。


源太郎は宗方道場の門を叩いた。まずは、母屋に顔を出す。

「失礼致します」

源太郎は玄関で挨拶をした。

中から亜紀が出て来た。亜紀は源太郎を見て怪訝な顔をした。

「わたくし、北町の同心蔵間源之助の一子源太郎と申します」

「まあ、そうですの」

亜紀は顔を輝かせた。

「父がお世話になっています」

「いいえ、こちらこそ」

亜紀は言いながら上がるよう勧めたが、

「実は本日まいりましたのは、わたくしも是非宗方先生のご指導を仰ぎたいと思った次第でございます」

「さようですか」

亜紀は微笑むと、

「主人を呼んでまいります」

「それには及びません。今は稽古中。それを邪魔するわけにはまいりません。終わるまで待ちます」

するとと亜紀はくすりと笑った。

「いかがされました」

「蔵間さまに似ておられると思いまして」

亜紀は言ってから源太郎の背後を見やった。道場から門弟たちが出て来た。

「休憩のようですね」

亜紀も母屋から表に出た。そして、一人の男に歩み寄る。その男が道場主の宗方彦次郎なのだろう。源太郎も亜紀に続いて外に出ると彦次郎の前に立った。

「こちら、蔵間さまのご子息源太郎殿です」

彦次郎の日に焼けた顔から真っ白な歯が覗いた。

「そうか、源之助の」

「父がお世話になりました」

「なんの、それより今日はどうしたのだ」

「是非、先生のご指導を仰ぎたくまいりました。よろしくお願い申し上げます」

彦次郎はうれしそうな顔をした。

「承知。源之助の子息ならば、さぞや剣の修練を積んでおることであろう、楽しみだ」

彦次郎の言葉に源太郎は気恥ずかしくなった。

「大したことはございません」

「ともかく、道場へまいろう」

「承知しました」

源太郎が道場に足を向けると、

「あっ」

思わず源太郎は驚きの声を上げてしまった。そこには紺の胴着に身を包んだ美津がいたのだ。美津の方も突如現れた源太郎に意外そうな表情を浮かべたがやがてにっこりとした。

二人の様子を見ていた彦次郎が、

「二人は知り合いか」

二人とも曖昧に言葉を濁す。

「美津殿も剣術をおやりになるのですか」

「ほんの少々です」

彦次郎は大きく首を横に振り、

「いいや、どうしてどうして、なかなかのものだ」

「それはそれは」

源太郎は戸惑いながらも美津なれば当然という思いからそんなには驚きはなかった。

「お手合わせお願い申します」

美津は屈託のない様子で申し出た。そう言われては断るわけにはいかない。

「先生がご承知ならば」

源太郎もうなずく。

「念のため申しておくが、美津殿を女と思ってみくびったり、手加減しようなどと思ったら怪我をするぞ」

「先生、そんなこと、おっしゃらないでください」

美津は照れた。

「本当のことを言ったまでだ」

彦次郎は言うと道場に入った。美津も続く。源太郎もだ。源太郎は道場に入ると玄関脇の控えの間で胴着と防具を身に着けた。その上で板敷きに出ると既に美津は準備万端である。

面《めん》に顔が隠れ一人の小柄な剣士となっている。

彦次郎が審判となり、

「始め」

と、鋭い声を発する。

と、いきなり、

「面！」

美津は初手から大胆な攻撃をしかけてきた。源太郎は素早く竹刀で受け止める。想像以上にずっしりとくる一撃である。兄譲りの攻撃的性格か。

今度は源太郎が押した。

すると美津は力攻めには力で対抗することなく、さっと身を引き、源太郎をいなす。

そして、源太郎の脇が甘くなったところに胴を攻める。

かろうじてそれを受け止めることができたものの寸刻の油断もできない。

反撃に出ようと、

「面！」

大上段から竹刀を振り下ろすと、視界から美津の姿が消えた。

と、思ったら、

「籠手」

美津の声が高らかに道場に響き渡った。

「勝負あり」

彦次郎の声が無情に告げられた。

「負けました」

源太郎は頭を下げた。

「偶々ですよ」

美津は言いながら面を取った。笑みをこぼす美津は一人の娘に戻っていた。

# 第八章　鉄火場の捕物

## 一

源之助は妙生寺のことが気になった。

勇太一味が使ったのはわかったがあの住職妙心という僧侶が気になる。一度は確かに賭場を開かせた。そして、矢作も妙心とは気心が知れるような関係を築いたようだ。

それが、自分と権助が訪ねた時には頑なに否定していた。そこに、どんなわけがあるのか。

気になるとどうしようもない。

――そうだ――

矢作を裁く評定所を司るのは寺社奉行大沼美濃守昭信《あきのぶ》。

法海が言っていた昵懇という男だ。

そう思うと、嫌が上にも胸の中は不安に彩られてしまった。

「相手は寺社奉行か」

臆してどうするのだ。

予め、手を打っておくか。お静のこともあるのだ。

そう思うと源之助は居眠り番を出た。


大沼の屋敷は桜田御門内の大名小路にある。寺社奉行は江戸幕府における実務の中枢を担う三奉行、すなわち寺社奉行、町奉行、勘定奉行の最高位にある。町奉行と勘定奉行は旗本が就くのに対し、寺社奉行は譜代の大名から選ばれる。そればかりか、譜代大名の出世の登竜門といえた。

寺社奉行を務めてから大坂城代や京都所司代を経て老中になるというのが出世の道筋である。

ところが、町奉行所、勘定所はあるが寺社奉行の役所というのは存在しない。その時の寺社奉行を務める大名の上屋敷が役所代わりとなる。また、役人はその大名家の藩士が務めるが、何分にも不慣れなことが多い。そのため、実務は評定所から出向した幕臣たちが担っていた。

　大沼の上屋敷の門前には立て看板が掲げられ、そこに評定の日程が書かれている。今度の評定日は十一月十二日、すなわち明後日だ。それを見ると弥が上にも緊張が高まる。その無言の威圧を跳ね除けるように、

「御免！」

　ひときわ大きな声を張り上げた。

　門番が八丁堀同心のなりをした源之助に怪訝な眼差しを向けてくる。

「明後日開かれる南町同心矢作兵庫助の吟味につきお話がしたい。お取次ぎをくださ
れ」

　門番は源之助の堂々とした物言いに圧倒されるように奥に引っ込んだ。

　しばらくして、

「どうぞ」

と、中に入るよう告げられた。

　源之助は門の脇にある潜り戸から中に入った。そこに中間が待っていて案内に立った。源之助は塀沿いを左手に御殿を見ながら奥に進んだ。

　御殿の裏手に瓦葺の建屋があった。どうやら、そこが寺社奉行の職務を司る役所に

なっているようだ。玄関を入り、右手にある控えの間に通された。

しばらくして、一人の侍が入って来た。見覚えのある男だ。相手も、

「北町の蔵間だな」

「上野《うえの》さまでございますな」

上野藤右衛門《とうえもん》。評定所の留役で、源之助とは何度か顔を合わせている。

「今はこちらにご出向ですか」

「そうじゃ。吟味物調べ役でな」

吟味物調べ役は寺社奉行が裁きを行う場合に過去の判例や罪人の取り調べの詳細を報告し、裁きの補佐を行う。

「なんでも矢作の一件だそうだな」

上野は厳しい顔をした。

「はい、是非、お話したいことがございます」

上野は多忙のようでめんどくさそうだ。

「矢作は無実でございます」

「なんじゃと」

上野は目を吊り上げた。

「勇太を殺した下手人を存じておるという町人が現れました」

「何者じゃ」

「深川の料理屋の女中です」

「信用できるのか」

「裏を取っております」

「評定までに間に合うのか」

「間に合わせます」

上野は顔を歪める。

「それと、上野さま、是非ともお教え願いたいことがございます」

「内容によるの。教えられぬこともある」

「寺を調べたいのです。本所回向院裏にある妙生寺という寺です」

「そんな寺を調べてどうする」

上野は文句を言ったが、

「まあ、いいだろう、ちょっと待て」

と、奥に引っ込んだ。

源之助は待つ間、じりじりとした不安に身を焦がされた。

程なくして上野が戻って来た。分厚い帳面を抱え、首を捻っている。

「ええっと、回向院の裏、寺の名は妙生寺……」

「はい」

源之助は宙に指で「妙生寺」と指で書いた。上野の表情は冴えない。

「いかがなさいましたか」

「いや、それがな」

上野は帳面を畳に置いた。それから、

「ない」

上野はぽつりと言った。

「ない……。とは」

今度は源之助がぽかんとなる番だ。

「そんな寺はない」

「ええ」

「間違いであろう。そんな寺などないのだ」

上野は今度ははっきりと言った。

「まさか」

胸に驚きがこみ上げた。

「念のため本所一帯を見てみたが、やはり、ないな」

「そうですか」

「どうしてそんな寺に拘《こだわ》る。それが、矢作の吟味と関わるのか」

「その通りでございます」

「だが、寺社奉行の管轄にはない。寺の認可を受けてはいないとなるとな……」

上野は困った顔をした。

「それは」

源之助の脳裏に稲妻が走った。

「では、光琳寺はいかがでしょう」

上野は台帳を見ることもなく、

「浄土宗の寺、蓬栄山光琳寺、住職殿は大僧正の位にある」

と、すらすらと述べ立てた。

「大沼さまとも関わりが深いのでございますか」

「奥方さまのご実家の菩提寺でな」

「そうですか」

それでは寺社奉行の後ろ盾があるはずだ。これでは、いかに矢作でも手が出せなかっただろう。博徒を一網打尽にするには賭場を摘発することだ。ところが、光琳寺で行われていれば、踏み込むにも寺社奉行の認可は受けられず、それどころか、たちまち菩薩の勇太に摘発の情報が洩れてしまうだろう。

それならば、寺社奉行の目が届かない寺で勇太が賭場を開くことだが、そんな寺はあるはずがない。

そして、勇太一味が町方の役人が踏み込まないと思って安心するのはやはり寺。

その二つを適《かな》える寺。

それを矛盾なく成り立たせる寺、それが妙生寺なのだ。

妙生寺とは寺にあらず。

寺に見せかけてあるだけ。

あの荒れよう、すさみよう。あれは妙心のずぼらな人柄もあろうが、元々無人寺であったのだ。

矢作はそこに妙心を連れて来て住まわせ、さも寺であるように見せかけたに違いない。

何のために。

決まっている。勇太一味を妙生寺に誘い出し、踏み込んで摘発するためだ。矢作は光琳寺に手入れが入るという偽情報を勇太にもたらし、予定している賭場を光琳寺から一度試した妙生寺に変更させた。

そして、そこに踏み込む。

妙生寺なら寺社奉行の認可は不要である。それゆえのことだったのだろう。矢作兵庫助という男、見かけと違って用意周到、しっかりとした企てを練ることができるに違いない。

矢作に対する評価が上がった。

益々、こんな男を死なせてはならないという思いに駆られた。

「上野さま、お手を煩わせ申し訳ございませんでした」

「なんの、これでよかったのか。何も役になど立っておらんじゃろ」

「いいえ、十分でございます」

「ま、おまえのことだ。何か一騒動起こしそうだな」

上野はニヤリとした。

「では、これにて」

源之助は腰を上げた。

「あんまり無茶するな」

「無茶は信条でございます」

「そうだったな」

上野は笑った。その笑顔はどこか楽しげだ。

二

源之助は回向院近くの掛け茶屋にやって来た。そこに京次が待っている。

源之助は京次と並んで床机に座った。京次は前を向いたまま、

「権助の奴、あのお静って女のことを利用しているようでしたよ」

「と言うと」

「どうやら、お静は権助に弱味を握られていて、それをネタに脅されていたようです。それで、権助に太郎兵衛が勇太を殺したと証言させられたんです」

「やっぱりそんなことだろうと思った。どうも、お静の様子が変だったからな」

「蔵間さまもそう思っておられましたか」

「どうも、話がうますぎるとな」

「権助の奴、どういう腹づもりなんでしょうね」

「自分の手柄を誇るつもりだったのか」

源之助は思案をしたがはっきりとした理由は思い浮かばない。

「これから、どうしますか」

「権助は太郎兵衛の家の近くにいるはずだ。だから、おまえ、権助を引っ張って来てくれ」

「承知しました」

京次は立ち去った。

お静の証言に信憑性がない以上、太郎兵衛を捕まえるわけにはいかない。しかし、時はない。

源之助はじりじりと胸を焦がされるような思いに地団駄を踏んだ。

四半時ほどが経ち京次が権助を伴ってやって来た。京次は権助には何も言っていないようだ。いきなり、

「蔵間さま、こんなところでお茶なんか飲んでいらっしゃる場合じゃないですよ」

と、意気込む。

源之助はそれに抗うように茶を飲み干すと、権助は目を剝き、

「蔵間さま」

源之助はおもむろに、

「お静の証言、怪しいな」

と、京次に視線をやった。京次が、

「すまねえが、裏を取らせてもらったぜ」

と、自分が聞き込んだことを話した。権助は口ごもったがやがて暗い目をして、

「蔵間さま、時がねえんですよ。このままじゃ、矢作の旦那は裁かれてしまいます。お静の証言は確かにあっしが仕込んだものですよ。でもね、勇太を殺したのは太郎兵衛に違いねえんです。太郎兵衛を引っ張らねえ限り、矢作の旦那の濡れ衣は晴らせませんや」

と、言った。

「だがな」

源之助が口を開くと、

「いいや、ここは多少無理にでも太郎兵衛をお縄にしましょう。言っちゃ悪いが、矢作の旦那ならここでお縄にしますぜ。お縄にすれば太郎兵衛のことだ、叩けば埃が出ます。このまま引っ張るべきですよ」

「なるほど、豪腕の矢作か」

源之助は呟くように言う。

「ですから、太郎兵衛を」

権助はまさしく源之助の羽織の袖を引っ張らんばかりだ。

「わたしも強引に太郎兵衛を引っ張れと申すのだな。だが、それはできん。いくら悪党だろうと偽りの証言で捕縛するわけにはいかん」

「蔵間さまのやり方には反するかもしれませんが、今は普通の時じゃないんですよ。時がねえんです」

権助は口角泡を飛ばさんばかりだ。

「まあ、落ち着け」

「あっしは落ち着いていますすよ」

「もう一度言う。偽の証言でお縄にするわけにはいかん」

「そんな……」

権助は呆れたように口をもごもごとさせる。

「これは、曲げられん」

「たとえ、矢作の旦那の命がかかっておるとしてもですかい」

「そうだ」

源之助の断固とした物言いに権助は呆れたように舌打ちをした。

「頑固なお方ですね。そら、ご立派なお考えなのでしょうが、そんなら、この先、どうすればいいんですかね」

権助は途方に暮れるように石ころを蹴飛ばした。

「太郎兵衛とその一味、全てをお縄にする」

「はあ」

権助は口をあんぐりとさせた。

「残らず、お縄にしてやるさ」

源之助はにこやかに言う。いかつい顔が笑みを浮かべたにもかかわらず、その表情はかえって引き締まり、頼りがいのあるものになっている。

「どういうことですよ」

「ついてこい」

源之助は勢いよく立ち上がる。

「まあ、旦那を信用しな」

京次も横から言い添えた。

源之助は京次と権助を伴い、妙生寺にやって来た。

「ここの和尚のこと、どうしようっていうんです」

権助はいぶかしげだ。

「賭場を開かせようというんだ」

「まさか、和尚は承知しませんし、賭場を開かせるとはどういうことですよ」

権助は驚きの顔だ。

「いいから、ついて来い」

源之助はゆっくりと境内に足を踏み入れた。相変わらず、ひどい寺だ。いや、ここは寺ではないのだ。そんなことを思いながら、庫裏に足を踏み入れる。

「和尚」

権助が声をかける。

「なんじゃ」

奥からだみ声がした。

権助を先頭に奥に向かった。妙心は今日も飲んだくれていた。

「和尚、蔵間さまがこれを」

権助が五合徳利を見せた。妙心はわずかに目元を緩ませた。

妙心は源之助に向いた。

「ちと頼みがあってな」

「賭場のことなら、証言せん」

妙心は途端に顔をしかめる。

「違う」

源之助はにこやかに否定する。

「すると……」

妙心はいぶかしんだ。

「賭場を開帳してくれ」

「はあ……」

妙心は首を傾げた。

「賭場を開帳して欲しいのだ」

「そうやってわしを罠にでもかける気か」

「罠にかけるのはおまえではない。太郎兵衛たちだ」

「なんだと」

「太郎兵衛一味を一網打尽にするのだ」

「まさか、そのようなことを本気で考えているのではないだろうな」

「わたしは本気だ」

「そんな」

妙心は首を横に振る。

「賭場をやることを弁天屋の安太郎に知らせてやれ」

「安太郎に」

妙心の目が泳いだ。

「安太郎を引き込み、賭場をやっているところに町方が踏み込む」

「もう一度訊く、本気なんだな」

「本気だとも」

「こんな貧乏寺でも寺であることに変わりはない。勝手には踏み込めんぞ」

「そうかな」

源之助はここで思わせぶりな笑みを浮かべる。

「どうした」

妙心はわずかにひるんだ。

「できるはずだ。おまえはそのことをよくわかっておるだろう」

源之助は口調を変えた。いかつい顔がすっかり怖くなり強面の様相を呈していた。

「な、なんですよ」

妙心はたじろいだ。権助が目を丸くしている。

「ここは寺ではない。それを矢作は利用しようとしたのだろう」

「う、うう」

妙心はうめく。

「な、なんですって」

権助は素っ頓狂な声を上げた。どうやら、権助も知らなかったようだ。

「そうだ。ここは寺ではない」

源之助はぎろりと妙心を見る。

「うう」

妙心はうめき、

「まいりました」

と、がっくりとうなだれた。

「てめえ、よくも騙しやがったな」

権助は色めき立った。

「まあ、待て」

源之助は間に入る。

「でも、この生臭坊主」

「そのことはともかく、置いておけ。このことは矢作も承知だったのだ」

「そうですよ。この話を持ちかけたのは矢作です」

妙心はしおらしくなった。

「わしは、日蓮宗不受不施派《ふじゆふせは》の僧侶じゃった」

日蓮宗不受不施派とは幕府がキリスト教と共に禁令にしている宗派である。その僧侶は迫害を受けながら、教えを忍ぶように広めていた。

三

「わしは回向院の裏手でいつしか物乞いのようなことをやって暮らすようになりました。日蓮宗不授不施派を脱退した。迫害に耐え切れなくなってな。転んだというわけじゃ。それで、物乞いをしておった。そこへやって来たのが矢作だ」

矢作は妙心に寺の住職にしてやると持ちかけたという。

「わしは話がうますぎると警戒したが、背に腹は代えられないものです」

妙心は矢作から言われるままに妙生寺の住職となった。

「この寺は無人寺。寺の名前もわしの名からつけた。とってつけたようなものです」

「どうりで、南無妙法蓮華経を唱えておるから妙だと思った。浄土宗の寺なのにな」

「まあ、そういうことじゃった」

妙心は落ち着きを取り戻したせいか、言葉使いが戻った。

「それで、矢作はおまえに賭場を開けともちかけたのだな」

「そうです。それが、ここに住まわせるための条件でした」

「わざと、荒れ放題にして、参詣客が訪れることを拒絶した。そして、賭場を開かせた」

「矢作はわしに賭場を開かせて、博徒からぴんはねをしようとしたとわしは考えた」

「それで乗ったのだな」

「一回だけじゃ。二回目を開こうとした矢先に勇太が殺され、矢作は捕縛されてしまったのでな」

妙心は薄く笑った。

「そうだったのか。矢作の旦那、そんなことを考えていたのか」

権助は今更のように言った。

「おまえ、聞いていなかったのか」

京次はからかうように声をかける。

「ええ」

権助は心外とばかりに口ごもる。

「信用ないな」

妙心が言うと、

「うるせえ、この生臭坊主。敵を欺くには味方からって言うだろ」

権助は向きになる。

源之助は宥めてから、

「ところで、妙心、頼みを聞いてくれるな」

「賭場を開けということか」

「そうだ」

「実は、弁天屋の安太郎も頼みに来た」

「ならば、渡りに船ではないか」

「まあ、そうですがね」

「早速、連絡してやれ、明日の夕刻に開くとな」

「わかりました」

返事をしてから妙心は上目遣いとなり、

「わしは、どうなりますかね」

「なんだ、助かろうっていうのか」

権助は言う。

「そら、協力するんですからね」

妙心は当然だと言わんばかりだ。

「まあ、協力して無事一味を捕縛でき、評定所で証言すれば、お上の慈悲にすがることもできよう」

「すると、どうなるのですか」

「わからん。ま、五十叩きくらいだろ」

源之助は笑い飛ばした。

「それは勘弁願いたい」

妙心は顔を歪めた。

「ならば、これからどうしましょう」

　京次が言う。

「賭場を開帳している最中に踏み込む」

「北町を動員しますか」

「それはできん。あくまで、影御用だ」

「あっしも仲間に加えてくだせえ」

　権助が頭を下げた。

「いいだろう」

　源之助は快く請け負う。

「それでは、明日」

　権助はひどく満足そうに帰って行った。

「さて、明日、奉行所の手を借りないとすると捕縛はどうしましょう」

「わたしとおまえと権助の三人で行う」

　源之助はあっさりと答えたもののそれでは不安を隠せない。

「明日は、何人くらい集まる」

　京次は妙心に訊く。

「さあ」

妙心は横を向いた。

「前は何人くらい集まったんだ」

「一味の連中が十四、五人。あとは賭博客が三十人くらい」

「その内、勇太や伝吉、用心棒がいなくなったから、十一、二人といったところですか」

京次が源之助に確認を求める。

「それくらいだろうな」

「それは、ちと、手に余りますよ。やはり、北町に応援を頼んだ方がよろしいんじゃございませんかね」

「いや、それはできん」

「でも」

京次はさすがに困惑顔である。

「わたしに考えがある」

源之助はそう一言呟いた。

「どんなことですか」

「それは……」

「おっしゃってくださいませんか」

「まあ、明日になればわかる。必ず、お縄にするさ」

京次は尚も不安そうだったが、源之助が確固たる意志を示している以上、これ以上逆らうのは躊躇われるのだろう。そのまま口をつぐんだ。

「ならば、明日だ」

源之助は言った。

京次も立つ。


源之助は宗方彦次郎道場に足を向けた。唯一頼めるのは彦次郎である。道場は既に閉じられていた。母屋に足を向ける。亜紀の案内で母屋の居間に入った。

彦次郎は刀を手入れしていた。

源之助が入ってくると、目でうなずく。

「邪魔をする」

源之助も太刀を右に置いた。

「美津殿は湯屋だ」

彦次郎は刀の手入れを終え、鞘に戻した。

「そうか」

源之助は呟くように言うと彦次郎に向き直った。

「どうした、改まって」

「今日は頼みがある」

その時、亜紀が茶を運んで来た。源之助は口をつぐんだ。亜紀は源之助と彦次郎の間に漂うただならぬ空気を察し、

「ごゆっくり」

と、出て行った。

源之助は茶碗を取り上げたがすぐに戻し、

「明日の夕刻、悪党どもを成敗する。回向院裏の貧乏寺で催される賭場を摘発するのだ。ところが、この捕物、奉行所の手を借りずに行うのだ」

源之助は苦渋に顔を歪ませた。

彦次郎はニヤリとして、

「おれに手伝えと言うのだな」

「そういうことだ」

源之助は軽く頭を下げた。

彦次郎は満面に笑みをたたえた。

「事情は聞かなくていいのか」

「そんなことは必要ない。おまえの頼みだ」

「それはありがたいが、かいつまんで説明しておく」

源之助は矢作の捕縛、賭場の一味の探索の様子を語る。

「では、美津殿の兄上の濡れ衣を晴らすということだな」

「そういうことになる」

「それを聞いたら、益々、張り切らざるを得ないな」

「頼む」

と、そこに、

「蔵間さま」

と、美津が走り込んで来た。風呂上りらしく肌が桜色に艶めいている。

「おお、美津殿」

源之助は穏やかな日を向けた。

「わたくしも加えてください」

「聞いておられたのか」

「申し訳ございません。立ち聞きするつもりはなかったのです。でも、兄のことが耳に入るとつい」

美津は頭を下げる。

「そのことはよいのです」

「でしたら、わたくしも」

「しかし」

源之助が躊躇うと、

「よいではないか。美津殿はそこらの男とは違って剣の腕も度胸も大したものだぞ」

彦次郎が頼もしげな目で美津を見る。

美津は両手をついた。源之助が渋い顔をすると、

「加えてやれ」

彦次郎が強く勧めた。

美津は真摯な目を源之助に向けてくる。それを見ては断ることなどとてもできない。

「わかりました」

「よろしいのですね」

「断っても無駄でしょう」

「ありがとうございます」

「礼は明日の捕物が終わってからということで」

居間は一気に明るくなった。

四

翌十一日の夕刻、源之助と京次は宗方道場にやって来た。彦次郎が玄関で待ち構えている。横には美津の姿もある。ところが、美津は女物の着物に袴を穿き、腰には大刀を手挟んでいる。その目には並々ならぬ決意が彩られていた。

「では、まいるぞ」

「へい」

京次も強い口調で答える。彦次郎も表情を引き締めている。美津は口をへの字にした。四人は黙々と道場を出た。

四人は妙生寺にやって来た。夜空を上弦の月が彩っている。

「そろそろですかね」

京次が覗くと本堂から灯りと人影が見える。耳をすませると、

「丁方ないか」

という丁半博打の声が聞こえる。

「やってますぜ」

京次はにんまりとした。

「行くか」

彦次郎が言う。

「いや」

源之助は境内を見回した。

「権助の奴、遅いですね」

「そういえば」

源之助も辺りを見回す。

「もう、踏み込みますか」

京次が言った時、庫裏から妙心が出て来た。

「よくやってくれたな」

源之助が礼を言う。

「なんの」

「人数はどれくらいだ」

源之助の問いかけに、

「太郎兵衛以下十二人、客が二十人余りじゃな」

「権助はまだか」

「まだ、来ていませんな」

「やりますか」

京次が言うと、

「待つこともあるまい。踏み込もう」

彦次郎が言うと美津も決意をたぎらせた。

「ならば、まいるぞ」

源之助の一言で京次、彦次郎、それに美津は本堂へと進む。木枯らしが吹きすさび、本堂の観音扉が寂しげにかたかたと鳴っていた。

京次が階に足をかけるとみしみしと鳴った。よもや、気づかれはしまいかと危ぶんだが、本堂の中はまさに鉄火場と化し、そんなゆとりはなかった。

京次は観音扉の前に立った。源之助を振り返る。源之助はうなずいた。

「御用だ！」

京次は観音扉を開けると絶叫した。

一瞬、声が止んだ。

源之助も中に走り込む。彦次郎と美津も続いた。

「なんでぇ！」

大きな声で抗うのは太郎兵衛である。弁天屋安太郎が驚き腰を浮かす。

「神妙にしろ」

源之助は十手を取り出した。

みな浮き足立っていたが、

「こうなったら、やっちまえ」

太郎兵衛が叫んだのを合図に敵味方入り乱れての争いとなった。

源之助は十手を使い太郎兵衛に向かう。京次は、

「ここは、協力したほうが身のためですぜ」

と、安太郎に言う。安太郎は客たちを見回した。みな、突如踏み込まれたことで驚き足腰も立たない有様だ。それでも、客の一人が、

「うわあ」

と、わけのわからない声を上げて逃げ出そうとした。ところが観音扉の前に至ったところで、

「なりません」

美津にぴしゃりと言われ、刀の切っ先を向けられるとへなへなと腰を落とした。京次が安太郎以下の客たちを本堂の祭壇の裏手へと押し込めた。

「ここから出たら、怪我するぜ。場合によっちゃあ、斬られるかもな」

京次は強い眼差しで睨む。

みな、おずおずとうなずく。

その間にも本堂では源之助と彦次郎がやくざ者に向かって刃を振るっていた。やくざ者は匕首や長脇差を振るい必死の形相で抵抗している。

源之助はそれを冷静に峰打ちにしとめていく。彦次郎も楽しむかのような軽やかな動きだ。

と、その時、

「御用だ！」

という声が聞こえた。

それは京次も同様らしく、

源之助は呟いた。新之助が北町奉行所の捕方を率いて駆けつけて来たのかと思った。

「新之助か」

「牧村さまですかね。さすがだ」

「おまえ、報せたのか」

「いいえ」

「おかしいな」

首を傾げた時、背後からやくざ者が長脇差を突き出した。

「ああ」

京次が悲鳴を上げたのと同時に美津が飛び出した。次の瞬間には鋭い金属音と共にやくざ者の長脇差が床に転がった。美津は厳しい形相でやくざ者を睨む。やくざ者はへなへなと床に崩れた。

「かたじけない」

源之助は汗ばんだ顔を着物の袖で拭った。

そこへ、

「御用だ。神妙にしろ」

と、雪崩れ込んで来たのは捕物装束に身を固めた町奉行所の同心、中間、小者である。源之助はそこに牧村新之助の姿を探したが、捕方には加わっていない。それどころか、北町奉行所の同心や中間、小者ではない。

現に御用提灯には南町とあった。

何で南町が踏み込んで来たのだと思っているとき境内に権助がいる。源之助が声をかけようとしたが、権助は知らん顔を決め込みそっぽを向いた。権助が通報したのだろう。京次が源之助の横に来た。

「権助の奴、手柄を独り占めにしたようですね」

「そうだな」

源之助も苦笑いをする。

その間に南町の捕方によって太郎兵衛や安太郎たちが捕縛されていった。それを見送ってから美津と彦次郎が側まで来た。

「これで、めでたしだな。美津殿のお兄上の無実は晴らせるのか」

彦次郎が訊いた。

「太郎兵衛が下手人だと白状すればな」

「南町だって馬鹿じゃないだろう。それくらいのことやるさ」

彦次郎は美津に微笑みかけると、「ならば」と立ち去った。

「礼を申す」

源之助の言葉に彦次郎は背中を向けたまま右手を上げた。京次も挨拶をして帰って行く。

美津は濡れ縁に出て境内にいた権助に視線を送った。権助は顔をそむけ、その場を立ち去ろうとした。

「権助、待ちなさい」

美津に呼び止められ権助はようやくこちらを向いた。源之助と美津は本堂の階を降り、境内に立った。

「権助、礼を申します。兄の濡れ衣を晴らすために蔵間さまと働いてくれたのですね」

「礼なら蔵間さまに申してください」

権助は神妙な面持ちだ。

「明日の評定で兄上の濡れ衣が晴れればいいのですが」

「晴れますよ。きっと、間違いありません。明日は祝いの宴を設けて差し上げてくだせえ。矢作の旦那のお好きな酒をたっぷりと用意なすって」

「濡れ衣が晴れたらそうします」

美津は笑みを浮かべた。

「席にはもちろん蔵間さまもお呼びしねえとね」

「そうですわ。でも、それにはきちんと身形《みなり》も整えねば。あの羽織では」

美津は兄が解き放たれることを確信し喜びを溢れさせた。権助も釣り込まれるように笑みを浮かべ、

「あの羽織じゃね。紐が切れてるんじゃどうにもしまりませんや」

その時、源之助は大きな違和感を抱いた。

五

――何だ――

違和感の原因を思案する。権助は丁寧に腰を折って別れの挨拶をした。

――そうだ――

羽織の紐。

菩薩の勇太殺しの現場に矢作の羽織の紐が落ちていた。そのことは、決定的な物証

となるため、内聞にせよと生方に釘を刺された。

権助が知っているはずがない。

そう言えば、権助の態度。自分や美津を避けるかのようなよそよそしさだ。昨日までとは大違いである。あんなにも協力的だった。矢作の無実を晴らすことに懸命だった。

それが、太郎兵衛の捕縛を見た途端に変わった。最早、用なしということか。

と、

「おれは親分を殺してねえ、絶対だ。三杉の旦那も伝吉もな」

太郎兵衛の絶叫が聞こえた。その声は悪党の悪あがきにしては真に迫っていた。山門に向かって遠ざかって行く権助が、

「悪あがきしやがる」

と、吐き捨てた。

「待て」

源之助は鋭い声で呼び止める。権助は立ち止まり振り返った。源之助は権助に駆け寄り、

「おまえ、最初はわたしを手助けしようとしなかったのに、何故手伝いたいと心変わ

りを起こした」

「それは……」

権助は源之助の視線から逃れるように横を向いた。

「わたしの手足となる振りをして、わたしの探索を探っておったのではないのか」

「な、何のためにそんなことを……」

「疑いの目を太郎兵衛に向けるためだ」

「ですから、何であっしがそんなことをしなければいけねえんです」

「それはこっちが訊きたい。申せ」

源之助は権助を睨み据えた。権助は口をもごもごとさせたが、踵を返した。と、思うと脱兎のごとく駆け出す。

「待て」

源之助が追いかけると、権助はあっと言う間に山門を潜り出た。当然、後を追う。ところが、

「ひええ」

権助の悲鳴が聞こえる。

表に出ると権助は地べたに転がっていた。芋虫のように地べたをのたくり目の前の

男に足にすがろうとする。

　上弦の月に照らし出されたのは南町奉行所吟味方与力生方九郎兵衛だった。生方は権助を斬り捨てた大刀を血ぶりした。

「こ奴、己が罪を初めは矢作、蔵間が探索しだすと太郎兵衛に着せたのだ」

　すると、権助は断末魔の苦しみの中、

「み、みんな、あんたが命じた」

　と、最後の力を振り絞った。

「出鱈目《でたらめ》、申すな、この悪党」

　生方は大刀を権助の背中に突き刺した。

「生方さま、今の権助の言葉」

「蔵間、悪党が申したたわ言を真面目に受け止める気か」

　生方は苦笑を浮かべた。

「たわ言とは思いません」

「なんだと」

　生方は険しい顔をした。

　源之助は努《つと》めて気を落ち着かせ、

「ところで、矢作殿は明日の評定で解き放たれるのでしょうか」

「そうなることを望んでおる」

「わたしは心配です。太郎兵衛が下手人であるという証はございません。太郎兵衛が自白すればいいのでしょうが、太郎兵衛の様子ですと罪を認めようとはしないでしょう。となりますと」

「吐かせるまでだ」

「吐くでしょうか。吐かなければ矢作殿の濡れ衣は晴らせません。それに、勇太や伝吉はともかく、用心棒の三杉は大刀によって斬られておりました。とても、やくざ者の仕業とは思えません。評定の場においてもそのことが問題となりましょう。となると、矢作殿の罪は晴れませぬ」

「そうならぬことを願うばかりじゃ」

生方は冷めた口調になった。

「どうやら、矢作が断罪されてもよろしいようですね」

「馬鹿な」

生方は首を横に振った。

「むしろ矢作が罪を背負って死ねばいいのでしょう。生方さまはそのようにお考えなのでは」

「…………」

生方は口をつぐんだ。

「矢作殿は菩薩の勇太一味が仕切る賭場を摘発するにあたって大きな力の壁があると考えていました。そして、その大きな力が南町の奉行所内に存在すると考えた。それゆえ、探索の様子は同僚や上役にも報せなかった。ですが、日誌があります」

「日誌……」

生方の目の色が変わった。

「牢屋敷で矢作殿と面談をした時、矢作殿が申された。探索の様子を日誌にしたためたと聞きました。屋敷が閉ざされておるため、探してはおりませんが、この足で探しに行こうと思います」

源之助は生方の脇を通り抜けた。

背後で猛烈な殺気を感じた。

「逃さん」

生方は大刀を抜き放った。源之助も振り向き様、大刀を抜く。

「権助に矢作殿の羽織の紐を勇太殺しの現場に落とさせた。そればかりか、わたしの動きを探るためにわたしの手伝いを命じた」

源之助は大刀を八双に構えた。

「そうじゃとも。矢作め、犬のように嗅ぎまわりおってからに」

生方はそう言い置くとくるりと背中を向けた。その時、山門から美津が出て来た。

美津はまさか生方が自分に刃を向けるなど思ってもいなかったようで、呆然と立ち尽くした。

美津は抗うことができず、大刀を捨てた。生方は美津の背後に立ち大刀の切っ先を美津の喉に突きつける。

「生方さま、汚いですぞ」

「黙れ、おまえも大刀を捨てるのだ」

「これ以上、みっともないお姿はお見せになられるな」

「うるさい、さっさと刀を捨てよ」

生方は正気を失っていた。

言うことを聞かなければ美津の命はない。源之助は大刀を放り投げた。

「死ね」

生方は美津に向かって大刀を振りかぶった。

「てえい」

源之助は渾身の力を込めて右足を前に突き出した。源之助の足から雪駄が脱げ一直線に飛んだ。薄い鉛の板入りの雪駄は強力な武器となって生方の顔面を直撃した。

「うぐう」

生方は堪らず左手で顔を押さえた。

美津は素早く生方から離れた。源之助は生方の懐に飛び込むと拳で鳩尾《みぞおち》を打った。

生方は前のめりに倒れた。

十一月十五日の夕暮れ、源之助は自宅で久恵と向き合っていた。

「矢作さまの濡れ衣が晴れて本当にようございました」

「そうじゃな」

源之助は美味そうに茶を飲んだ。

「それにしましても仲人の生方さまがあのようにひどいことをなすっておられたとは。南町では公正な吟味をなさる与力さまと評判だったのでございましょ」

「人には知られぬ顔があるということかもしれん」

「旦那さまもございますか」

久恵はおかしそうにくすりと笑った。

「あるわけがなかろう」

「そうですわね」

久恵は急須を持ち源之助の湯飲みに茶を注いだ。

「美津殿が源太郎に好意を寄せていると申されたのは、矢作殿がそうさせたのでしょうか」

「つまり、わたしと繋がりを持ちたかったということか」

「南町に敵がいるとお考えだったのですから」

久恵は御用のこととなると遠慮がちな物言いをした。

「それで、北町のわたしと繋がりを持ちたかった。そうかもしれんが、こればかりは美津殿の胸の中だ。ところで、源太郎はどうした」

「おそらくは宗方道場ですわ」

「ずいぶんと稽古熱心になったものだな」

するとと久恵は静かに微笑んだ。

「どうした」

「何でもございません」

「そんなことはなかろう。話してみよ」

「では申します、これはわたしの勝手な想像です」

久恵はそう前置きをしてから、

「源太郎は美津殿に剣で後《おく》れを取らぬようになりたいのではございませんか」

「何のために」

「決まっておりましょう。美津殿と一緒になりたいのですよ。縁談は一旦白紙になりましたが、壊れたわけではないと思っているのです」

「なるほど、美津殿の亭主にふさわしい男となるよう気合いを入れておるということか」

源之助は息子の成長を頼もしく思った。同時に、一抹の寂しさも覚える。隠居への道が近づいて来ているようだ。

そう思うと寒さが身に染みた。

「綿入れを頼む」

源之助は火鉢の灰を火箸でかき回した。真っ赤に燃える炭が顔を出した。それがなんともうれしい。障子越しに寒雀の鳴き声が聞こえてきた。

時代小説

二見時代小説文庫

# 同心《どうしん》の妹《いもうと》　居眠《いねむ》り同心《どうしん》　影御用《かげごよう》6

著者　早見《はやみ》　俊《しゅん》

発行所　株式会社　二見書房
東京都千代田区三崎町二−一八−一一
電話　〇三−三五一五−二三一一［営業］
　　　〇三−三五一五−二三一三［編集］
振替　〇〇一七〇−四−二六三九

印刷　株式会社　堀内印刷所
製本　ナショナル製本協同組合

落丁・乱丁本はお取り替えいたします。
定価は、カバーに表示してあります。

 ISBN978−4−576−11157−5
http://www.futami.co.jp/

**居眠り同心 影御用** 源之助 人助け帖

早見俊［著］

凄腕の筆頭同心がひょんなことで閑職に……。暇で暇で死にそうな日々に、さる大名家の江戸留守居から極秘の影御用が舞い込んだ。新シリーズ第１弾！

**朝顔の姫** 居眠り同心 影御用2

早見俊［著］

元筆頭同心に御台所様御用人の旗本から息女美玖姫探索の依頼。時を同じくして八丁堀同心の不審死が告げられた。左遷された凄腕同心の意地と人情。第２弾！

**与力の娘** 居眠り同心 影御用3

早見俊［著］

吟味方与力の一人娘が役者絵から抜け出たような徒組頭次男坊に懸想した。与力の跡を継ぐ婿候補の身上を探れ！「居眠り番」蔵間源之助に極秘の影御用が…！

**犬侍の嫁** 居眠り同心 影御用4

早見俊［著］

弘前藩御馬廻り三百石まで出世した、かつての竜虎と謳われた剣友が妻を離縁して江戸へ出奔。同じ頃、弘前藩御納戸頭の斬殺体が江戸で発見された！

**草笛が啼《な》く** 居眠り同心 影御用5

早見俊［著］

両替商と老中の裏を探れ！北町奉行直々の密命に居眠り同心の目が覚めた！同じ頃、母を老中の側室にされた少年が江戸に出て…。大人気シリーズ第５弾

**憤怒の剣** 目安番こって牛征史郎

早見俊［著］

直参旗本千石の次男坊に将軍家重の側近・大岡忠光から密命が下された。六尺三十貫の巨躯に優しい目の快男児・花輪征史郎の胸のすくような大活躍！

## 誓いの酒　目安番こって牛征史郎2

早見俊［著］

大岡忠光から再び密命が下った。将軍家重の次女が輿入れする喜多方藩に御家騒動の恐れとの投書の真偽を確かめよという。征史郎は投書した両替商に出向くが…

## 虚飾の舞　目安番こって牛征史郎3

早見俊［著］

目安箱に不気味な投書。江戸城に勅使を迎える日、忠臣蔵以上の何かが起きる……。将軍家重に迫る刺客！征史郎の剣と兄の目付・征一郎の頭脳が策謀を断つ！

## 雷剣の都　目安番こって牛征史郎4

早見俊［著］

京都所司代が怪死した。真相を探るべく京に上った目安番・花輪征史郎の前に驚愕の光景が展開される…。大兵豪腕の若き剣士が秘刀で将軍呪殺の謀略を断つ！

## 父子の剣　目安番こって牛征史郎5

早見俊［著］

将軍の側近が毒殺された！居合わせた征史郎に嫌疑がかけられる！この窮地を抜けられるか？元隠密廻り同心と倅の若き同心が江戸の悪に立ち向かう！

## 人生の一椀　小料理のどか屋 人情帖1

倉阪鬼一郎［著］

もう武士に未練はない。一介の料理人として生きる。一椀、一膳が人のさだめを変えることもある。剣を包丁に持ち替えた市井の料理人の心意気、新シリーズ！

## 倖せの一膳　小料理のどか屋 人情帖2

倉阪鬼一郎［著］

元は武家だが、わけあって刀を捨て、包丁に持ち替えた時吉の「のどか屋」に持ちこまれた難題とは…。心をほっこり暖める時吉とおちよの小料理。感動の第2弾

**結び豆腐** 小料理のどか屋 人情帖3
倉阪鬼一郎［著］

天下一品の味を誇る長屋の豆腐屋の主が病で倒れた。このままでは店は潰れる。のどか屋の時吉と常連客は起死回生の策で立ち上がる。表題作の外に三編を収録

**手毬寿司** 小料理のどか屋 人情帖4
倉阪鬼一郎［著］

江戸の町に強風が吹き荒れるなか上がった火の手。店を失った時吉とおちよは無料炊き出し屋台を引いて復興への一歩を踏み出した。苦しいときこそ人の情が心にしみる！

**剣客相談人** 長屋の殿様 文史郎
森詠［著］

若月丹波守清胤、三十二歳。故あって文史郎と名を変え、八丁堀の長屋で貧乏生活。生来の気品と剣の腕で、よろず揉め事相談人に！心暖まる新シリーズ！

**狐憑きの女** 剣客相談人2
森詠［著］

一万八千石の殿が爺と出奔して長屋暮らし。人助けの万相談で日々の糧を得ていたが、最近は仕事がない。米びつが空になるころ、奇妙な相談が舞い込んだ…

**赤い風花《かざはな》** 剣客相談人3
森詠［著］

風花の舞う太鼓橋の上で旅姿の武家娘が斬られた。瀕死の娘を助けたことから「殿」こと大館文史郎は巨大な謎に立ち向かう！大人気シリーズ第3弾！

**乱れ髪 残心剣** 剣客相談人4
森詠［著］

「殿」は、大川端で心中に見せかけた侍と娘の斬殺死体を釣りあげてしまった。黒装束の一団に襲われ、御三家にまつわる奥深い事件に巻き込まれていくことに…！

**はぐれ同心 闇裁き** 龍之助江戸草紙
喜安幸夫［著］

時の老中のおとし胤が北町奉行所の同心になった。女壺振りと島帰りを手下に型破りな手法と豪剣で、悪を裁く！ワルも一目置く人情同心が巨悪に挑む新シリーズ

**隠れ刃** はぐれ同心 闇裁き2
喜安幸夫［著］

町人には許されぬ仇討ちに人情同心の龍之助が助っ人。敵の武士は松平定信の家臣、尋常の勝負はできない。〝闇の仇討ち〟の秘策とは？大好評シリーズ第2弾

**因果の棺桶** はぐれ同心 闇裁き3
喜安幸夫［著］

死期の近い老母が打った一世一代の大芝居が思わぬ魔手を引き寄せた。天下の松平を向こうにまわし龍之助の剣と知略が冴える！大好評シリーズ第3弾

**老中の迷走** はぐれ同心 闇裁き4
喜安幸夫［著］

百姓代の命がけの直訴を闇に葬ろうとする松平定信の黒い罠！龍之助が策した手助けの成否は？これぞ町方の心意気、天下の老中を相手に弱きを助けて大活躍！

**斬り込み** はぐれ同心 闇裁き5
喜安幸夫［著］

時の老中の家臣が水茶屋の妓に入れ揚げ、散財しているという。極秘に妓を〝始末〟するべく、老中一派は龍之助に探索を依頼する。武士の情けから龍之助がとった手段とは？

**夜逃げ若殿 捕物噺** 夢千両すご腕始末
聖 龍人［著］

御三卿ゆかりの姫との祝言を前に、江戸下屋敷から逃げ出した稲月千太郎。黒縮緬の羽織に朱鞘の大小、骨董目利きの才と剣の腕で江戸の難事件解決に挑む！

## 夢の手ほどき　夜逃げ若殿 捕物噺2

聖 龍人［著］

稲月三万五千石の千太郎君、故あって江戸下屋敷を出奔。骨董商・片倉屋に居候して山之宿の弥市親分とともに謎解きの才と秘剣で大活躍！大好評シリーズ第2弾

## 姫さま同心　夜逃げ若殿 捕物噺3

聖 龍人［著］

若殿の許婚・由布姫は邸を抜け出て悪人退治。稲月三万五千石の千太郎君との祝言までの日々を楽しむべく由布姫は江戸の町に出たが事件に巻き込まれた。

## 大江戸三《さん》男《おとこ》事件帖　与力と火消と相撲取りは江戸の華

幡 大介［著］

欣吾と伝次郎と三太郎、身分は違うが餓鬼の頃から互いに助け合ってきた仲間。「は組」の娘、お栄とともに旧知の老与力を救うべくたちあがる…シリーズ第1弾！

## 仁王の涙　大江戸三男事件帖2

幡 大介［著］

若き三義兄弟の末で巨漢だが気の弱い三太郎が、ひょんなことから相撲界に！戦国の世からライバルの相撲好きの大名家の争いに巻き込まれてしまった…

## 八丁堀の天女　大江戸三男事件帖3

幡 大介［著］

富商の倅が持参金つきで貧乏御家人の養子に入って間もなく謎の不審死。同時期、同様の養子が刺客に命を狙われて…。北町の名物老与力と麗しき養女に迫る危機！

## 兄ィは与力　大江戸三男事件帖4

幡 大介［著］

欣吾は北町奉行所の老与力・益岡喜六の入り婿となって見習い与力に。強風の夜、義兄弟のふたりを供に見廻り中、欣吾は凄腕の浪人にいきなり斬りつけられた！